COLLECTION FOLIO

LE CINEMA
CARTOON
présente

ROBIN
DES BOIS

UN FILM DE
D&B PODALYDÈS
en couleur

PROLOGUE

Fin

Fin

Denis Podalydès

Voix off

Mercure de France

Cet ouvrage a été précédemment publié dans la collection
« Traits et portraits » au Mercure de France

Denis Podalydès est comédien, acteur, metteur en scène et scénariste. Né en 1963, il entre à la Comédie-Française en 1997 et en devient sociétaire en 2000. Il reçoit le Molière de la révélation théâtrale en 1999 dans *Le Révizor* et le Molière du metteur en scène en 2007 pour *Cyrano de Bergerac.* Il joue dans de nombreux films et téléfilms dont *Dieu seul me voit, Liberté-Oléron* et *Le mystère de la chambre jaune* de son frère Bruno Podalydès. Il prête également sa voix à la lecture de grands textes de la littérature dont *Le Spleen de Paris, À la recherche du temps perdu* et *Voyage au bout de la nuit.*

À mes frères

Est-il, pour moi, lieu plus épargné, abri plus sûr, retraite plus paisible, qu'un studio d'enregistrement? Enfermé de toutes parts, encapitonné, assis devant le seul micro, à voix haute — sans effort de projection, dans le médium —, deux ou trois heures durant, je lis les pages d'un livre. Le monde est alors celui de ce livre. Le monde est dans le livre. Le monde est le livre. Les vivants que je côtoie, les morts que je pleure, le temps qui passe, l'époque dont je suis le contemporain, l'histoire qui se déroule, l'air que je respire, sont ceux du livre.

J'entre dans la lecture. Une fois passés tous les péages (installation, réglages, échauffements, même très modestes, erreurs de démarrage, premiers bafouillages, ajustement des yeux aux caractères d'imprimerie, assouplissement de la page, tenue du volume ouvert sur la tranche, mise en suspens de ma propre vie, de mes affects), rien ne me rappelle plus à l'autre monde que la faim, la soif, pour lesquelles sont prévus bouteilles et gâteaux, ou le terme fixé pour la fin de l'enregistrement.

Je n'y suis pour personne, sinon pour ceux qui m'écoutent, l'ingénieur du son, et le directeur artistique (ils vont souvent par deux). Leurs interventions, à mesure que la lecture progresse, se font plus rares. L'attention, la protection silencieuses dont ils m'entourent me séparent davantage du dehors, des autres, et de moi. Nacelle ou bathyscaphe, le réduit sans fenêtre où je m'enferme autorise une immersion ou une ascension totales. Nous descendons dans les profondeurs du livre, montons dans un ciel de langue. Je confie à la voix le soin de me représenter tout entier. Les mots écrits et lus me tiennent lieu de parfaite existence.

Discret, indirect, différé, antispectaculaire, cet exercice trouvera, plus tard, sa fin dans un disque. Ils seront peu nombreux pour l'écouter, bien sûr.

Je suis un fidèle auditeur de ces publications sonores, depuis des lustres. À la bibliothèque de Versailles, autrefois, j'empruntai un à un tous les « livres » de la collection de France Culture dirigée par Jean Montalbetti. Chaque volume, couleur Gallimard (ce jaune de la collection Blanche), plastifié, s'ouvrait par le milieu, comme une boîte de chocolats. Dans la gangue blanche que l'on découvrait alors, étaient insérées les cassettes. Six environ, pour chaque roman. Je panthéonisai successivement Antoine Vitez lisant *La Route des Flandres* de Claude Simon ; Daniel Mesguich dans *La Métamorphose* et *La Colonie pénitentiaire* de Kafka ; Georges Wilson pour *Rigodon* de Céline ; Michel Bouquet, *Les Mots* de Sartre ; Michael Lonsdale, *Amok* de Stefan Zweig. Aux Éditions Thélème, André Dussollier commençait l'enregistrement intégral de la *Recherche du temps perdu.* Je ne les écoutais jamais mieux qu'en voiture. Je ne la prenais parfois que pour suivre leurs voix maîtresses. Dans le petit habitacle de ma Fiat Panda, elles ébauchaient, peignaient, dressaient des mondes, des vies, des temps, des figures, parfaitement matérialisés dans ma mémoire, dans ma voix. Elles sont dans ma voix, je l'espère, moi je les entends. Elles forment tous les paysages : étendues désertiques, contrées verdoyantes, reliefs. La voix de Michel Bouquet est un massif élevé, dentelé. La voix de Vitez un bois de bouleaux traversé de chevaux au galop, celle de Dussollier une campagne à la tombée du soir, bruissante, paisible, secrète. Je les ai tous imités, je reconnais leur timbre à la première inflexion, je les parle inlassablement.

Un jour, j'envoie aux Éditions Thélème une cassette de démonstration. On me répond. Quelque temps plus tard, j'enregistre, de Platon, l'*Apologie de Socrate.* Je reçois un exemplaire, qui m'est dû avec le chèque, je prends ma voiture. J'écoute. Je rentre.

Déception, migraine, aphasie solitaire. Ma voix n'est pas telle que je l'entends, telle que je la veux, telle que je la profère, de l'intérieur de la tête, de la gorge, de la bouche. Trahison. Elle ne parle pas comme les autres, n'édifie ni ne figure aucun monde, aucun paysage.

Me faudra-t-il attendre, vieillir un peu, connaître quelques épreuves ? Que la voix s'aggrave, que le rythme se précise, que la langue se délie ? Attendre que les années passent, que ma propre voix me devienne étrangère, celle d'un autre ?

Je lis Proust. « Albertine disparue ». Je n'y suis pour personne. *Pour que la mort d'Albertine eût pu supprimer mes souffrances, il eût fallu que le choc l'eût tuée non seulement en Touraine, mais en moi.* Je lis *Jamais elle n'y avait été plus vivante.* La voix haute n'est pas si haute *Pour entrer en nous, un être a été obligé de prendre la forme, de se plier au cadre du temps*; dans le médium *ne nous apparaissant que par minutes successives, il n'a jamais pu nous livrer de lui qu'un seul aspect à la fois, nous débiter de lui qu'une seule photographie* je suis un bavard impénitent sauf que je lis.

J'ai l'excuse de lire quelques pages de littérature, de la plus grande, je ne parle pas de moi, je ne me répands pas, je transmets les beautés d'un style, je raconte une histoire *Grande faiblesse sans doute pour un être de consister en une simple collection de moments ; grande force aussi ; il relève de la mémoire, et la mémoire d'un moment n'est pas instruite de tout ce qui s'est passé depuis.*

Je fais vivre des personnages, des pensées, des sentiments de papier, j'avance dans un récit, une forêt dans laquelle je taille ma route à coups d'accents, d'inflexions, de vitesses, *Quand j'étais arrivé à supporter le chagrin d'avoir perdu celle-ci c'était à recommencer avec une autre,* de ralentissements, *avec cent autres* de changements de registre, de variations sonores.

Mais de ma voix *Par le bruit de la pluie m'était rendue l'odeur des lilas de Combray, par l'assourdissement des bruits dans la chaleur de la matinée, la fraîcheur des cerises* lisant les mots d'un autre, ceux d'un mort lointain, dont la chair est anéantie, mais dont le style, la beauté de ce style, fait surgir un monde d'échos, de correspondances et de voix vivantes par lesquelles je passe, parlant à mon tour, entrant dans ces voix, me laissant aller à la rêverie, à l'opération précise d'une rêverie continue, parallèle et libre, je sais que je parle, je sais que c'est de moi qu'il s'agit, non pas dans le texte, bien sûr, mais dans la diction de ces pages. Lisant à voix haute *L'été venait,* je me livre à des confessions savamment dissimulées *les jours étaient longs,* que nul *il faisait chaud,* pas même les deux témoins, n'entend. *C'était le temps où de grand matin élèves et professeurs vont dans les jardins publics préparer les derniers concours sous les arbres, pour recueillir la seule goutte de fraîcheur que laisse tomber un ciel moins enflammé que dans l'ardeur du jour, mais déjà aussi stérilement pur.*

Alors d'autres voix encore se font entendre, dans la mienne.

Je demandais l'heure à Françoise. Six heures. Enfin, Dieu merci, allait disparaître cette lourde chaleur dont autrefois je me plaignais avec Albertine, et que nous aimions tant. Derrière moi, avec moi, un ami que je ne vois plus depuis longtemps, se tient lisant, disant lui-même ce texte qu'il connaît par cœur *Ensemble alors, maintenant il fallait s'arrêter court devant ce même abîme, elle était morte* Nous sommes en seconde, au lycée Hoche, au cours de monsieur Charras, notre professeur de lettres. Nous l'aimons beaucoup.

Il nous fait rire, Charras, quand il nous signifie qu'une trop belle page de littérature lui tire des larmes, passant gravement son index de l'œil au bas de la joue, demandant à l'un ou à l'autre de prendre le relais et choisissant toujours celui qui n'écoute rien, qui s'en balance. Celui-là reprend au petit bonheur le fil de la lecture d'une voix indifférente et morne, tandis que Charras lève les yeux au ciel.

Que le jour est lent à mourir par ces soirs démesurés de l'été.

J'entends lire derrière moi, oui, avec moi, cet ami, Christophe Ferré, que je ne vois plus depuis longtemps. En 1979, nous sommes en plein cours. L'année touche à sa fin, nous serons bientôt en vacances, il fait chaud. Le front de mon ami ruisselle. Pendant que monsieur Charras nous fait lire Paul Valéry et s'acharne à nous faire découvrir les splendeurs scintillantes du *Cimetière marin,* Christophe me signale à voix basse, dans le Lagarde et Michard, ce passage d'« Albertine disparue », de Proust.

Christophe me dit combien il aime cette page, avec cette phrase miraculeuse, combien cela lui semble beau, « admirable », c'est son mot, ce déploiement, cet étirement verbal, ce vers de prose, *Que le jour est lent à mourir par ces soirs démesurés de l'été.* Proust est pour lui décisif. Sa vie en est réellement changée depuis qu'il le lit. Je connais très mal la *Recherche,* pour ainsi dire pas du tout. Ma vie n'en est ni modifiée ni même affectée.

Je lis le texte à son injonction et je cesse tout à fait d'écouter la voix du professeur. Je ne sais ce que j'éprouve en premier lieu, comment se fait la cristallisation. Néanmoins, à partir de cette phrase *Que le jour est lent à mourir par ces soirs démesurés de l'été* cet ami me convainc : pour moi aussi, Proust devient décisif. Ma perception littéraire est affectée, modifiée. Mon monde, comme le pont d'un navire s'enfonçant sous

le poids d'une trop lourde cargaison qu'on y hale, est lesté d'une charge nouvelle qui le déséquilibre. Je lis dans la stupeur et l'émerveillement, écrasé d'admiration dévote, sans voix. Je lis d'un seul tenant la phrase *Que le jour est lent à mourir par ces soirs démesurés de l'été.* Je la lis toujours de ce seul tenant. Je n'imagine pas la lire autrement. Je la répète, avant même de lire la suite *Que le jour est lent à mourir par ces soirs démesurés de l'été.* Je n'avance guère dans ma lecture, et reviens à ce même passage, à cette même phrase.

Dans la chaleur de la salle de classe, redoublée par la suffocation de l'été que la phrase, le passage entier évoquent, avivent, *C'était le temps où de grand matin élèves et professeurs vont dans les jardins publics préparer les derniers concours sous les arbres, pour recueillir la seule goutte de fraîcheur que laisse tomber un ciel moins enflammé que dans l'ardeur du jour, mais déjà aussi stérilement pur* je suis bouche bée devant l'extrême concomitance de ce qui est écrit et de ce qui jusqu'à présent m'a paru indicible, trop intimement enfoui dans les sensations les plus confuses. C'est à la fois une révélation personnelle et universelle, effraction brutale de ma propre intériorité, et dévoilement soudain de l'humaine condition. Je crois devenir fou d'intelligence sensible, le cœur traversé de mille intuitions nouvelles. Sur le boulevard de la Reine, en retournant chez moi, je marche seul, livre en main, sous les grands arbres qui croulent de feuilles grasses, ébloui par le soleil déclinant, rasant, je parle à voix haute, j'aimerais vociférer ma joie.

Que le jour est lent à mourir par ces soirs démesurés de l'été.

J'ai le choc de cette exactitude : les jours sont lents à mourir en été ; la nuit vient trop tard ; l'ennui est à son comble en ces après-midi qui n'en finissent pas, quand l'hiver, lui, nous emmène plus facilement au lendemain.

Je me heurte aux meubles dans l'appartement désert — c'est bientôt le plein mois d'août, ma famille en vacances, mes frères dispersés —, me laisse envahir par une épaisse humeur de solitude, reste complaisamment seul, à ne savoir que faire, à lire coûte que coûte, à m'attarder dans toute mon inutile patience, sans réagir à la faim, la fatigue, l'envie de sortir, de voir des amis, d'aller à l'aventure, d'occuper ma jeunesse, d'enflammer un peu mon adolescence. La mort d'Albertine est donc une découverte absolue, dont je ne reviens pas. La nuit tombe autour de moi tandis que je poursuis la lecture, défiant l'obscurité, retardant le moment d'allumer la lampe. J'ai un peu peur. Lisant avec une ferveur religieuse, j'ai la sensation que s'opère la conversion de la nuit en voix, que ma voix s'éclaire, s'enrichit, invente un objet, absent et présent.

Je me lève, je voudrais aller dormir, les yeux me brûlent, je parle tout seul.

Avec Albertine, je perds et contracte l'amour qui n'a pas lieu, je perds et contracte l'amour qui ne vient pas, que j'attends indéfiniment, celui qui me manque et me fait enrager de désir. *Enfin il faisait nuit dans l'appartement, je me cognais aux meubles de l'antichambre, mais dans la porte de l'escalier, au milieu du noir que je croyais total, la partie vitrée était translucide et bleue, d'un bleu de fleur, d'un bleu d'aile d'insecte, d'un bleu qui m'eût semblé beau si je n'avais senti qu'il était un dernier reflet, coupant comme un acier, un coup suprême que dans sa cruauté infatigable me portait encore le jour.*

Et cet ami, qui lit avec moi, qui lit en moi — c'est sa propre voix qui me parle —, porte la même guigne, la même tare. On ne veut pas de nous. Je le crois fermement. Je m'en enorgueillis. Nous ne nous l'avouons pas. C'est écrit dans ces lignes, que j'arpente comme les rues d'une ville.

Voix de Christophe Ferré

Sa famille possède une maison à Illiers-Combray, d'où sa mère est originaire.

Tu m'y invites un week-end, je visite la maison de Tante Léonie, m'amuse de la petite madeleine légèrement entamée, délicatement placée sous une cloche de verre, comme si l'on avait songé dès l'enfance du génial petit Marcel, en la lui ôtant de la bouche, à préserver la relique future d'où sortirait toute la *Recherche du temps perdu.* Nous nous promenons dans l'allée des aubépines, nous marchons le long de la Vivonne — qui porte un autre nom, le Loir —, nous tâchons de retrouver les côtés de Guermantes et ceux de Swann, en empruntant la petite porte au fond du jardin.

Recueillis, studieux, pendant les deux jours passés là, engoncés dans notre dévotion littéraire, nous égrenons les heures avec autant d'ennui feutré que d'amitié réelle. Dans les romans de Christine Montalbetti, je retrouve souvent l'atmosphère de ces scènes adolescentes où deux amis, partageant leurs solitudes respectives, croient pouvoir, en les confondant, un instant y échapper.

Tu es un ami très différent de mes autres amis de Versailles. Tu es déjà un homme de lettres. La littérature est un souci profond, un désir à peine voilé. Pour moi aussi, mais nous ne parlons pas de nos propres tentatives, jamais. Nous faisons du théâtre. Tu joues parfaitement le Lenny de *Des souris et des hommes*, dont le succès nous surprend et nous ravit quand, sur la scène du théâtre Montansier, nous saluons le public du Concours interscolaire de la Ville de Versailles, ta main dans la mienne, serrée à mort.

Ta voix est belle, enfouie dans la gorge sans être rauque, teintée par le demi-sourire dans lequel tu t'exprimes souvent, surtout lorsque tu émets un avis personnel, qui dévoile les colères froides, les amertumes, les détestations, la moquerie sévère dont tu peux faire preuve. Voix généreuse et délicate, empreinte de cette gentillesse qui suscite immédiatement mon émotion, ma reconnaissance.

Que le jour est lent à mourir par ces soirs démesurés de l'été.

Tu ne parviens pas à intégrer l'École normale supérieure de Saint-Cloud, à la porte de laquelle, dépité, tu échoues trois fois. J'ai peine pour toi, moi qui échoue de même, mais, réussissant le concours du Conservatoire, j'estime mon sort plus enviable. Quoique étant l'un de tes rares amis, je te fais souvent faux bond ; tu tâches de ne pas m'en vouloir. Je passe une nuit au dortoir de Lakanal où tu bûcheronnes tard dans ta turne. Acharné, tête vissée — sans cou — dans les épaules, tu luttes contre le découragement et la mélancolie violente, opiniâtre, qui, je le découvre alors, est ton lot. Tu connais plus tard la dépression, dont tu reçois les premiers symptômes dans ces heures-là, seul dans tes livres, dans tes cours, dans tes tentatives rageuses et manquées. Te préservent pour l'instant la charge et la nécessité du travail. Je te questionne beaucoup. Nous parlons encore de Proust. De tes camarades, dont tu fais des portraits drôles et impitoyables. De filles nous parlons aussi, mais très peu, à mots couverts.

C'est en seconde et première que nous connaissons les meilleures heures d'une amitié toujours prudente, littéraire, vouée aux études, dont nous tirons toute la matière de nos conversations, de nos amusements. Nous imitons nos professeurs.

*

Voix de monsieur Feuvre

voilée, cahoteuse. Monsieur Feuvre est professeur d'histoire. Il a la bouche déformée, il postillonne à pleins seaux, il éructe les mots clefs de son cours. « La table du cabocle est vide, mais son lit est fécond », assène-t-il régulièrement, tapant sur la table, parlant du paysan brésilien, pauvre et affamé, dont je ne saurai jamais rien d'autre que cette propension impénitente à la procréation.

*

Voix de monsieur Martin

sèche, pincée, agressive et drôle. Voix d'oiseau picorant. Il hait et méprise insatiablement Camus, Sartre, le romantisme, et Bergson. « Brr, je déteste, je déteste ! » S'en prend volontiers aux femmes, peu habitué encore à la mixité récemment introduite au lycée. « Alors, hein — heu — vos gueules. Hein — Ah — Les femmes — Vous connaissez le mot de. De — heu — je crois que c'est, que c'est. — Oh merde, ça vamerevenirmerde — enfin bref, quoi, ah oui ! la voilà, écoutez ça ! bande de ! voilà : "L'amour a cela de commun avec le crime : après que faire du corps ?" »

La citation est dite d'un seul tenant, d'une voix incisive qui, jusqu'à la dernière syllabe, tient à nous faire entrer son cynisme dans le dernier recoin de notre jeune cervelle.

*

Voix de monsieur Jeufroy

nasillarde, mais spirituelle et séductrice. Nous admirons tous deux ce dandy cultivé dont la moitié du cours est occupée à la plus pure bouffonnerie. Certains élèves enragent de perdre leur temps. Les trois ou quatre filles de la classe tombent sous son charme. Il s'y emploie avec la dernière énergie.

En vive conversation avec une amie d'une autre

section, je tarde à entrer dans la salle de cours, où chacun a déjà pris place. Il tient la porte un instant. À son invitation réitérée, j'entre enfin. Sur mon passage, il me dit, dans un sourire taquin, amical, discret, où j'entends aussi une pointe de nostalgie : « Il vous les faut toutes ! » Moi qui n'en ai encore eu aucune, cette apostrophe complice m'emplit de fierté.

Nous imitons les hommes politiques.
Voix de Chaban-Delmas. Voix de Mitterrand, de Marchais. Voix de Giscard d'Estaing, arrivée presque à épuisement, tant chacun la parodie, en faisant, en fin de phrase, ce bruit de tire-bouchon popularisé par Thierry Le Luron.

Christophe s'écroule en fous rires, qui enfoncent davantage sa tête dans ses épaules. Tout son visage se plisse, ses yeux bleus disparaissent entre ses lourdes paupières. Étrangement, son hilarité gargouille au fond de sa gorge, s'y alimente et s'y renforce, le secoue de la tête aux pieds, mais n'éclate ni ne se déploie jamais hors la bouche.

Voix de mes frères

Voix des livres
Dans les trains, les bus, les métros, dans la rue, je redoute le manque de livres. Je ne peux imaginer de

ne faire que penser, regarder les autres, regarder par la fenêtre, regarder le monde, marcher, aller. Il me manque toujours de lire, lire. Je pousse le songe de la lecture jusqu'à la limite. J'ai l'impression de rêver si fort, découvrant un grand livre, que cela s'entend, s'agite dans l'air, excède les pages, les tempes, le crâne, et se matérialise devant moi.

*

Voix-odeur des bibliothèques. Voix des écrivains et des morts, des acteurs et des héros, des caractères et des fantômes.

Bibliothèque de ma mère.

La tombée du soir à Versailles dans le bureau de Papa, assis sur le petit canapé vert qu'il a lui-même bricolé : il y a un double fond. Avant Noël, c'est là qu'il cache les cadeaux volumineux. Auprès de moi, sur les étagères, je peux saisir, si je veux, les livres de Maman en anglais, Shakespeare, Faulkner, Swinburne, d'épais volumes de vieilles éditions, dont l'encyclopédie Quillet, et un effrayant dictionnaire de médecine (j'y découvre un jour les *pertes séminales* : les pollutions nocturnes répétées pouvant être le premier symptôme d'une dégénérescence cérébrale mortelle, mes récents et nombreux moments de distraction, de sottise — oublis stupides, rires niais, étonnements naïfs, incompréhensions butées — me viennent brutalement à l'esprit ; blêmissant, j'en parle non sans confusion à mon père pharmacien, qui, tardant à saisir le fond de ma question, m'oblige à lui ouvrir le dictionnaire, dont la lecture le fait éclater d'un rire qui me mortifie et me rassure pleinement). De l'autre côté de la pièce, enfoncé dans le mur que Papa a taillé à coups de pioche, l'aquarium d'eau de mer bourdonne en permanence. Quelques somptueux mais fragiles poissons de vives couleurs (leur haute, translucide et ondoyante nageoire dorsale semble les doter d'une excessive délicatesse) n'y font que de brefs séjours, très vite retrouvés ventre en l'air, Papa rencontrant les pires difficultés à régler parfaitement la température et la densité saline de l'eau, ou méconnaissant les mœurs de certaines espèces. Les sympathiques poissons-clowns, par exemple, se révèlent de terrifiants prédateurs, capables de déchiqueter en quelques secondes, sitôt effectuée leur mise à l'eau, les coûteuses, majuscules et graciles acquisitions de Papa (parachetodons ocellés, gymnothorax javanicus), sous ses propres yeux stupéfaits et impuissants, l'obligeant à procéder, muni d'une petite épuisette, à l'humiliant repêchage du cadavre multicolore à demi mangé, aux ailerons déchirés, dont il n'aura pu admirer l'évolution qu'une poignée de minutes, tandis que prospèrent les très vifs meurtriers rouges avec leur bande blanche (amphiprions), ces petites saloperies increvables que Papa, se croyant en permanence nargué derrière l'épaisse vitre, se met à détester, à insulter, comme s'il subissait leur présence et leur loi.

Les livres ne me valent jamais d'aussi cruelles désillusions.

Sur le petit canapé vert aux formes géométriques — il n'a aucun arrondi — je lis *Huis Clos* de Sartre, dans toutes les positions, souvent la tête en bas, les jambes dressées contre le mur. Il n'y a personne dans l'appartement. Je lis jusqu'à la nuit, attendant qu'on vienne me déloger. *Huis Clos* ou *Caligula*? Je veux jouer le rôle séance tenante, j'en trépigne. C'est *Caligula*.

Bibliothèque de ma grand-mère.

Y règne une nostalgie féconde et radieuse, une douceur dorée d'arrière-saison, avec cette lame de soleil qui traverse à l'horizontale le salon, à cinq heures du soir au début de l'automne, une douceur de buffet garni, de vieux livres de la NRF, collection Blanche devenue jaune comme le rayon de soleil.

Du sol au plafond, la bibliothèque est finement ouvragée de caissons de diverses tailles adaptés aux formats qui s'y emboîtent. Là, se développe, s'enrichit et se précise mon goût maniaque, passéiste, précautionneux, de la lecture et du style, s'entretient, dans un confort savamment poseur, mon culte de Proust, de Chateaubriand et de Claudel.

Claudel. Le nom de Paul Claudel. Nom que je fais répéter à mon petit frère qui a cinq ou six ans, afin qu'il l'enferme et le verrouille dans sa mémoire comme un code à ne jamais oublier. Le nom de Paul Claudel contient toutes ces sensations et les exalte. Sensations des grandes œuvres dont les noms roulent dans mon esprit dévot et psalmodiant. Proust, Chateaubriand, Claudel. Shakespeare, Montaigne, Racine. Faulkner, Stendhal, Gide. Hugo, Camus, Balzac. Corneille, Boileau, Musset. Collection de la Pléiade. Invincible armada des Classiques. Les œuvres enserrées et resserrées dans quelques épais volumes de papier bible, posés sur les étagères comme des trophées, exercent sur mon regard, quand il s'y pose, une autorité absolue. Je dois les saisir, les ouvrir, les feuilleter, même quelques secondes, j'en lis à peine quelques lignes. Ça n'en finit jamais. Livres si puissants qu'ils tiennent de la chose la plus concrète (opaque, butée, pesante), et de l'essence la plus immatérielle (idéale, chimérique, spirituelle). Mondes évidents, d'éternelle et incompréhensible splendeur. Fantômes gigantesques mais connaissables. Voix lointaines mais familières. Chœurs d'opéra qui se retournent en comptines et refrains. Déchaînement de vie, de drames et de personnages, au milieu desquels je me transporte et m'échauffe, rêvant, lisant, jouant. Figures et gibiers de ma boulimie adolescente. Comment expliquer à mon frère que je suis Rodrigue? Que je suis le petit Marcel. Que je suis Hamlet. Que je suis ambassadeur à Rome. Richard II. Mesa. Swann. Puck. Le Roi. Bonaparte. D'autres encore. Jean Valjean et Javert. Caligula et Hélicon. Lorenzaccio et Alexandre. Julien Sorel. Rubempré. Sertorius. Néron et Narcisse. Dom Juan et Sganarelle. Mascarille. Fantasio et Spark. Octave et Coelio. Richard III. Edmond et Edgar. Peer Gynt. Garcin et Goetz. Rimbaud et Verlaine. Louis Laine et Camille.

Les choses me parlent par la voix des livres. Les livres entassent pêle-mêle époques, masques, caractères, personnes, vies, dans ma voix, font ma voix, forcent ma voix mimétique, perçante, nasillarde, gutturale, brisée très vite sous la poussée nerveuse et imprécise.

*

Voix de Sydney Chaston

Nulle folie. Je cherche à me faire entendre. Je sais très bien où je veux en venir. À la gloire. Inscrit en tête d'une distribution, je rêve de lire mon nom en caractères gras sur la page du programme télévision de *Télérama*, devant le nom de mon rôle. Jugements élogieux, analyse de ma performance, mention des prix obtenus bouclent la page. Dans ma chambre, sur un tableau noir d'école, j'invente le nom qui enveloppe tous les possibles, je le couche à la craie, c'est le commencement du générique d'un film, *Télérama* en rend compte, c'est un chef-d'œuvre, on y découvre un comédien, je le découvre en même temps que je l'écris en lettres capitales et inclinées : Sydney Chaston.

J'apparais d'abord dans quelques figures secondaires et marquantes des films de John Ford, aux côtés de Paul Fix, de Jack Elam. Je donne la réplique à Sydney Poitier et Charlton Heston. J'avale ces deux-là, les confonds, et me voici dans tout mon éclat hol-

lywoodien : Sydney Chaston. J'enchaîne les films. Au tableau, se succèdent les grands classiques dans lesquels s'illustre la chimère noir et blanc dont le visage est tantôt l'un, tantôt l'autre, Heston et Poitier, moi-même installé dans mon masque à voix de tête, à tête de voix.

Voix de mes frères

Voix de Jean Vilar

Dans le petit port de Sète... Il raconte un menu fait de son passé. Je ne me souviens plus de ce dont il parle, je me souviens de l'inflexion qu'il met à l'attaque de cette phrase. « Dans le petit port de Sète, il faut savoir... » Il décrit, je crois, une coutume sétoise. La voix est fatiguée. L'accent du Sud transperce cette fatigue, l'allonge et l'ensoleille. Il a plaisir à nommer *le petit port de Sète*, à dire *le petit port de Sète*, à faire balancer dans sa voix l'expression *petit port de Sète*. Après avoir introduit sa phrase et posé le décor familier, il s'arrête un bref instant ; sans doute pense-t-il à autre chose, mesure-t-il ce qui le sépare à jamais du petit port, les époques successives, conflictuelles, épuisantes, qui l'ont toujours plus éloigné de la quiétude originelle du lieu. « Il faut savoir qu'en ces années-là... »

Il s'entretient avec Agnès Varda dans les années soixante-dix, ne dirige plus le TNP, vient d'essuyer les tempêtes du Festival d'Avignon soixante-huit, n'en a plus pour longtemps à vivre. Détendu, évasif par moments, rêveur, il sait probablement qu'il appartient désormais au passé, à l'Histoire, que le présent se fait sans lui.

Un jour d'août 1988, à Chaillot, trois mois après ma sortie du Conservatoire, pendant les répétitions de la *Sophonisbe* de Corneille, François Regnault me fait écouter la tirade d'Auguste, dans *Cinna*, interprétée par Vilar. Impression violente et définitive. Conversion brutale à la langue dite au théâtre, à la diction de théâtre.

Ciel, à qui voulez-vous désormais que je fie / les secrets de mon âme — et le soin de ma vie... L'attaque — *ciel* — suspensive, légère, douce et inquiète. Entrée dans le monologue. *À qui voulez-vous désormais que je fie* — la voix a étiré ce vers jusqu'à sa finale, s'arrête, respire une seconde dans la nuit de la scène; j'imagine qu'il fait nuit sur l'immense scène de Chaillot. (Les photos du TNP me donnent toujours à penser que les spectacles, sur ce plateau, émergent de la nuit.) Vilar dépose sur le silence qu'il s'est ménagé : *les secrets de mon âme* — temps, court, serré — *et le soin de ma vie.* Plus grave, descendu en lui-même, il commence une longue période : *Si tel est le destin des grandeurs souveraines / que leurs plus grands bienfaits n'attirent que des haines / Et si votre rigueur* — suspens — *les condamne à chérir ceux que vous animez à les faire périr / Pour elles rien n'est sûr* — accélération, enchaînement, flux, rythme, la voix enfle — *Qui peut tout* — temps — *doit tout craindre.* Elle s'est légèrement brisée. Accent de gorge sur *doit tout craindre.* Blessure apparente, inquiétude nouée. Le silence revient au milieu de la réplique, on entend la rumeur de l'assistance en écoute. Quelques toux, mouvements de fauteuils. La salle aux trois mille places n'est pas tout entière dans la même attention. Les maris s'ennuient, les élèves s'agitent, le public ne sait pas que cette voix s'inscrit ce soir-là sur une bande magnétique, par laquelle nous est un jour restitué tout à la fois l'ordinaire anonyme d'une représentation de 1955, et l'extraordinaire travail de la voix magistrale de Jean Vilar.

Rentre en toi-même Octave — je découvre qu'il est concrètement possible de rendre sensible à l'oreille une telle abstraction morale (l'acte d'entrer en soi-même), et d'offrir, de la pensée, une exacte correspondance orale — *Et cesse de te plaindre. Quoi, tu veux te faire plaindre et ne fait qu'irriter, songe aux rigueurs* — la voix austère s'empare du corps même de la tirade, grossit, accélère, colère et ressentiment, déploie, libère, dresse devant tous la méditation solitaire d'un empereur : fronton solennel de mots dont on croit voir s'ériger, dans la nuit du temps, écoutant cette formidable oraison vocale, l'architecture transparente et solide.

En scène, Vilar indique nonchalamment certaines pistes de jeu, qu'il ne poursuit pas, se contentant de suggérer qu'il pourrait jouer tel ou tel détail, orner son interprétation d'effets qu'il n'ignore pas mais néglige. Il passe outre, ne s'attarde pas, il trace son chemin dans le récit et le sens, plutôt qu'enjoliver un passage choisi, s'offrir un morceau de bravoure, se payer un moment d'acteur, qu'il laisse aux autres. Sa performance résulte de l'accomplissement de ce parcours, dont se mesurent après coup la splendeur et la précision.

Main dans la poche, il arpente le grand plateau de Chaillot, jetant et déroulant ses longues répliques, avance en vitesse, ne s'arrête que rarement sur un mot, un geste, interprète apparemment désinvolte, remettant à plus tard le jeu, l'expression, la composition.

Est-ce dans ses carnets que je le lis ? Le soir, après les représentations, seul dans le théâtre, où il doit finir quelque tâche, il écoute le *Quatuor 22* de Mozart, et s'abandonne à la fatigue. Contrariétés, soucis, obligations, devoirs sont, un moment, suspendus. Il rêve.

Dans les bureaux, à cette heure tardive, tu erres, tu promènes ton regard lessivé sur les choses, textes, brochures, lettres, injonctions ministérielles, réponses à faire, rapports, notes de mise en scène, photos, affiches, murs où l'on a punaisé d'autres lettres, longs couloirs du palais de Chaillot, côté Passy, côté Concorde — ainsi se nomment là-bas cour et jardin — et la nuit elle-même, que tu contemples, marchant du côté public, à travers les grandes baies du foyer. Alors tu attends d'être tout à fait apaisé des rigueurs du jour et de la soirée, reposé de ta triple fonction d'acteur, de directeur et de metteur en scène, fonctions que tu n'exerces jamais séparément malgré tes efforts pour les distinguer. Toujours en jouant, te reviennent quelques propos tenus par ton administrateur, Rouvet, qui te met en garde, le Ministère est mécontent, il faut réagir. L'œil sur un partenaire, tu comprends que celui-ci s'ennuie, demandera tôt ou tard à être remplacé, le cinéma lui tend les bras, il faudra engager bientôt un autre comédien. Et quand tu te rends dans les bureaux du Ministère, tu te dis en toi-même les vers d'Auguste, ceux de Richard II *Asseyons-nous sur la terre qui servira de couverture à nos os, et contons-nous la fin lamentable des rois ceux-là tués à la guerre d'autres assassinés.*

L'épuisement, je ne l'entends jamais si net, si musical, si profondément incorporé à ta voix que dans l'enregistrement de *Macbeth*, dans la cour d'honneur du Palais des Papes. On perçoit la résonance particulière et nocturne, l'immensité du plateau et de l'espace, le silence et la respiration du public avignonnais, mais surtout s'entend la puissance d'embarquement, comme un navire qu'on fait lentement glisser à l'eau, de ta fatigue. L'appareillage de ta voix, en partance vers le sommeil, le néant, le plus jamais.

Tu ne sais pas un mot du texte. Tu avances dans la parole comme dans le noir le plus épais : lent, absent, désorienté. Chaque phrase est précédée du souffle du souffleur qui te souffle chaque phrase. Le métal accentué de ta voix taille l'air pesant. Vibre, acérée, la colère contre toi-même. *Pourquoi n'ai-je pas pu crier amen, j'avais un grand besoin de bénédiction et amen est resté dans la gorge!* Colère et lassitude. Tu es piégé. *Je croyais bien entendre une voix qui criait : Ne dors plus, Macbeth a tué le sommeil... le sommeil innocent, le sommeil qui démêle le fil des soucis, cette mort douce après l'angoisse de chaque jour.* Tu n'aurais pas dû jouer ce *Macbeth*. Tu n'étais pas prêt. *Glamis a tué le sommeil et donc Caudor ne dormira plus! Macbeth ne dormira plus!* Tu as reculé les répétitions et ne t'es pas accordé suffisamment de temps pour apprendre les tonnes de mots. La saison est si lourde et si longue. Maintenant tu es obligé de crier, de hurler pour expulser les vocables hors de ta fatigue, tu lacères ta propre gorge. Maria Casarès auprès de toi veille, tient tête, enchaîne les répliques sans te presser, se fond dans ton rythme plutôt qu'elle ne cherche à t'emmener dans le sien. Elle sait qu'il n'y a rien à faire. *Voyons mon digne seigneur, vous défaites vos nerfs avec ces rêveries de cerveau malade!* C'est à toi encore. *Où frappe-t-on? Dans quel état suis-je donc, si le moindre bruit m'épouvante?* Les foutues tirades, il faut bien que tu te les avales les unes après les autres, lentement. Souffle du souffleur : *Quelles sont ces mains... — Quelles sont ces mains? ah, elles m'arrachent les yeux!* Souffle du souffleur : *Tout l'océan... — Tout l'océan du grand Neptune pourra-t-il jamais effacer le sang de cette main-là?*

Tu te tiens devant l'assistance recueillie. La grande salle de Chaillot est pleine. On va jouer. L'apostrophe est chargée des larmes que tu contiens. *Mesdames, messieurs, Gérard Philipe n'est plus. Dans cette terre qu'il aimait, voilà qu'il repose* — léger suspens — *depuis la fin* — suspens plus court — *de ce jour.* Les mots te coûtent, la peine fait assaut, mais le verbe haut, construit, solennel et simple, te préserve. Grave, debout, la tête un peu penchée, tu prononces l'éloge : *La mort a frappé haut...* La voix s'altère une seconde. Se reprend. *Elle a touché celui-là même qui, pour nos enfants, pour nous-mêmes, était / la jeunesse.* Ce dernier mot verrouille et libère une émotion considérable. Tu attends. *Travailleur acharné, travailleur infatigable, travailleur inquiet, il se méfiait de ses dons / qui étaient pourtant ceux de la grâce.*

Cet hommage, je l'apprends très vite par cœur. Je le dis en moi-même. Je suis en deuil, en deuil de ce parachèvement complice entre vous deux, qui avez permis la synthèse, aujourd'hui mythique, d'un théâtre exigeant — élitiste — et populaire. Un rêve de théâtre dont la mort en pleine gloire de ton héros te place — vous place, tous deux — à jamais au rang des plus miraculeuses aventures esthétiques.

Ta voix ? Je l'entends encore, malgré le temps, malgré la mienne, qui s'est faite, je l'entends encore quand je veux prendre pour moi-même, quand je veux me donner, parlant en public, l'image — la note, l'accent, la hauteur dépouillée — de la responsabilité générale. Tu es encore la voix de la République, lorsque celle-ci remplit sa mission d'élévation et d'émancipation. La voix dont elle parle pour instruire la Nation. Sans y prendre garde, je me suis construit — dans et par cette voix aux ramifications profondes — une représentation vibrante, sonore, rhétorique, de ce que doivent être la République, la Culture, l'Esprit désintéressé de la chose publique.

Dans les années quatre-vingt-dix, voulant donner nom et corps à une idée que mon attachement à Vilar me suggère, j'appelle cette voix, vilarienne et républicaine, puissante et fédératrice, la *voix grand-père.*

Je sais peu de chose de mes deux grands-pères, j'ai toujours peine à m'en faire une idée précise, par la rareté des photos, et parce que je ne connais pas leurs voix. Ces voix dont je suis issu. Un peu faibles, éteintes, manquant d'autorité. Sans doute leur mort prématurée — l'un est mort à quarante-huit ans, l'autre à quarante-neuf — me fait croire que cette faiblesse les définit essentiellement.

La voix de Vilar compense-t-elle ce manque ? Faire autorité dans le ciel vide de mes représentations paternelles ? Donner force, donner voix à ce désir d'autorité, à cette volonté d'établir une base, une loi qui me soit propre ?

Voix de mes grands-pères

Elles manquent. Je demande à mes parents, des deux côtés, qu'ils me les décrivent. Mon grand-père Ruat — côté maternel — n'a pas une voix forte. Il manque d'autorité. Yeux bleus, air doux et réservé, crâne chauve. Rêveur, peu soucieux de s'enrichir, il laisse à ma grand-mère le soin de diriger sa librairie d'une main de fer. Blessé de guerre, il sent son cœur s'affaiblir, le lâcher. Décède en 1958.

Mon grand-père Podalydès meurt en 51, son fils (mon père) est alors âgé de dix ans. Je peux le voir sur de minuscules photographies à bordure dentelée, entassées dans un tiroir. Gros yeux ronds, visage rond, lunettes rondes à forte monture, cheveux noirs frisés. Il meurt avant

de les perdre, ce qui n'aurait pas manqué. Je peux le voir aussi sur un petit film super-8, muet bien sûr. Il y fait un peu le clown, deux ans à peine avant sa mort. Mon père n'est pas en reste. Se souvient mal, aujourd'hui, de la voix de son père.

*

Ma voix d'enfant

Ô reine, vous êtes très belle, mais Blanche-Neige est encore mille fois plus belle que vous. Extrême nasalisation. Je joue une sorcière, la sorcière de Blanche-Neige. Je force. J'ai onze ans. Roulant les « r », accentuant le « très » (*ttrrès*), allongeant le « mais » (*mmais*), le « mille » (*mmmillle*), démesurément le « vous » (*vooouuus*). Tentation de crier pour dire ma joie de dire. Pour obtenir l'effet, je n'ai d'autre possibilité que de placer ma voix dans le masque. Des années durant, toute profération m'y contraint. Par goût aussi : il me semble, si je m'en réfère aux voix d'acteur qui me sont familières, qu'il doit en être ainsi, si je veux être moi-même acteur. Grande surprise et déconvenue quand on me fait comprendre que ma voix manque de sincérité. Voix de théâtre ? Je pense bien. Il ne me vient pas à l'esprit que je puisse faire du théâtre avec ma pauvre voix flûtée d'enfant sage, timide, et quelquefois polisson.

Voix de mes frères

Voix de X*

Amour des postillons.

Longtemps je cherche à obtenir cet effet qu'à mes yeux cet acteur produit volontairement : lâcher, à chaque phrase, une telle bordée de postillons que le jet mousseux ainsi dessiné dans l'espace — surtout lorsqu'il se découpe dans la lumière d'un projecteur — donne aux mots de théâtre une forme visible, la preuve de leur particulière substance, attestant du même coup l'engagement total, organique, dionysiaque, de l'artiste. Je ne comprends pas que n'y réponde pas davantage le partenaire, si généreusement et systématiquement aspergé, parfois touché en plein visage. Une salve non moins copieuse, bien cadrée, donnerait à leur dialogue une plus puissante réciprocité.

Dans *Le Soulier de satin*, la fin de certains mots déclenche une véritable déferlante. Ainsi du nom Prouhèze, qui s'entend ainsi : « Prouhè-è-ZZ-Ah ! »

Dans mes prestations théâtrales au lycée Hoche,

j'imite X* jusqu'à ce que mon frère Bruno me le fasse ironiquement et justement remarquer.

Il n'est pas sensible à X*, ni à la plupart des acteurs de ce *Soulier de satin.* Je pense confusément que c'est du théâtre lui-même, dans sa réalité même, dans sa physique, qu'il se détourne.

J'aime naïvement les postillons, sécrétion normale, légitime, obligatoire, qu'un comédien de théâtre se doit de produire, de même qu'un footballeur ne peut jouer un match sans transpirer. La voix de X* : musique, accent, chanson naïve qui donne corps à mon goût particulier — bien à moi, à part de mon frère — pour le théâtre, au plaisir personnel, impartageable, irraisonné que j'éprouve à la chose théâtre. « Eh bien oui, j'avoue, voilà, j'aime ça, c'est comme ça. » Tant pis — tant mieux — si c'est un peu sale, et si cela me fait cracher. Ainsi je me distingue — un tant soit peu ? — de mon frère.

Voix de Jean-Louis Barrault

Bruno enregistre pour moi — je ne sais pas le faire — ses entretiens avec Guy Dumur. Dans cette voix nerveuse, m'exalte l'énergie que rien ne peut vaincre ni assujettir. Je rêve que pareille sève coule en moi, pareille ardeur de vivre, je m'invente aussitôt un personnage à la voix identique, et donne moi-même de pareils entretiens : je raconte mon enfance versaillaise, où tout s'organise pour m'offrir un destin d'exception.

J'écris une longue pièce, *Avril ou Les enfants de Carme*, que je destine soit à Barrault, soit à moi-même dans la voix de Barrault. Elle doit être représentée au théâtre d'Orsay, dont je deviens le directeur à la suite du triomphe qui m'intronise comme acteur, et surtout comme écrivain : je prends la place de Claudel dans la mythologie de Barrault, qui n'est donc plus tout à fait lui-même, puisque passé en moi, et moi en lui.

Ce songe, qui a des allures de projet réel, attesté notamment par la pièce elle-même, pastiche de Claudel

et de Genet mélangés, me tient vivement à cœur de la seconde à la terminale. Régulièrement, je me rends au théâtre d'Orsay — j'y vois tout ce qui se joue entre 1978 et 1981 —, je m'attarde après les spectacles, espionne Barrault, sans jamais l'aborder. Je ne quitte pas le théâtre tant que je n'aperçois pas la chemise noire à pois blancs qu'il porte invariablement. Au cours d'un débat, du milieu de la petite salle où je suis plus à l'aise pour lui parler, je me risque à lui poser une question dont le sens et l'enjeu — oubliés depuis — sont sans proportion avec le bouillonnement nerveux dans lequel je suis à l'instant de tendre l'index, ce que je ne fais qu'à la toute fin du débat, après mille tergiversations, renoncements, exhortations virulentes à moi-même, agonie de trac. Sa réponse est aimable mais brève, et tout à fait prévisible, compte tenu de la banalité de la question.

Quelque temps plus tard, à l'entracte du *Soulier de satin* que je vois pour la quatrième fois, le père d'un ami, connaissant mon admiration et ma timidité, apostrophe Barrault qui traverse le foyer. Cette manière, incroyablement brutale à mes yeux, de nous manifester à lui, de le sommer de considérer soudain nos existences, m'effraie, me pétrifie. Le père de mon ami me met en première ligne en me présentant aussitôt : « Tenez, maître, un spectateur fanatique, vous ne trouverez pas plus passionné ! » Je serre craintivement la main du dieu frisé en chemise noire à pois blancs. Il me complimente en bonne et due forme, mais passe vite son chemin, en nous remerciant tous

— voix large et scandée — de notre amabilité. Je n'ai rien trouvé à dire, et me laisse gourmander par le père de mon ami, pour n'avoir pas su justifier son entrée en matière, à la suite de laquelle j'aurais dû m'engouffrer. Je vérifie néanmoins — plaisir abstrait de la rencontre, si brève soit-elle, avec une idole — que, s'adressant à moi, la voix entendue en public, au cinéma, à la télévision, est bien la même, s'est un instant particularisée, sortie de son orbite de pur et général prestige, venue jusqu'à moi du lointain de sa gloire et de son œuvre, et que je me suis bel et bien trouvé sur cette trajectoire, y formant un minuscule nœud d'événement, à moins qu'il ne porte à conséquence, comme si tout ce destin éclatant n'avait eu d'autre sens que de le conduire à me dire, de son accent de métal coupant et mastiqué : « Merci, jeune homme, vous avez bien raison d'aimer Claudel ! » La chemise noire à pois blancs s'éloigne à jamais.

Je prends un jour mon petit frère Laurent à part, m'agenouille devant lui, retiens son visage entre mes mains, lui demande de dire avec moi le nom de Paul Claudel, dans la voix de Barrault, qui le prononce avec éclat et tranchant, jusqu'à ce qu'il le répète lui-même, dans la voix de Barrault. Il a quatre ou cinq ans, n'oublie jamais ce nom, ni l'intonation exacte que je lui mets en tête, dans la voix de Barrault.

Voix de mes frères

*

Voix Ruat

Au salon chez Mamie, seul, pendant qu'elle répond au téléphone : « Ouii ? Allô ? Ouiii ? », ce oui caractéristique, allongé, perché, suraccentué, identique chez ma mère, mon oncle, ma tante, mes frères et dans une moindre mesure chez moi, quand je veux être poli, quand je suis surpris, ou mis en difficulté.

Mon œil se promène sur ses bibelots, qui me sont chers et familiers.

Vers la fin des années quatre-vingt-dix, nous perdons l'habitude de nous retrouver les samedis midi. Ou plutôt, je perds, moi, à cette époque — ne vivant plus à Versailles — l'habitude de les rejoindre chaque semaine, à 12 h 30.

C'est un rituel autour de ma grand-mère, qui, depuis 1970 à peu près, reçoit ses trois enfants, leurs conjoints s'ils sont en grâce, et la progéniture, sitôt qu'elle se trouve en âge de se tenir à table.

Animation vive. Voix portées, joyeuses, faisant assaut de nouvelles, d'opinions, de théories, de plaisanteries, mais aussi de prudence, de modération, de sens du compromis et de l'évitement. Un instinct particulier nous fait choisir nos sujets, nos questions, nos blagues, de manière à ne pas fâcher Mamie. Nous maintenons en toutes circonstances la légèreté de ce moment, y parvenons avec une si rare maîtrise que notre gaieté n'est presque jamais factice. Je m'y emploie moi-même avec force, fusillant des yeux mes frères, ou ma mère, quand il leur prend la fantaisie d'insister sur un fait que Mamie ne peut manquer de trouver scabreux. Maman a soudain l'air de vanter notre désinvolture religieuse, alors que Mamie, pratiquante et fervente, s'acharne à faire comme si nous l'étions presque autant, quand nous ne mettons plus les pieds à l'église depuis belle lurette, professant même un athéisme aux accents revanchards, sitôt que nous ne sommes plus dans la sphère grand-maternelle. Bruno aborde une question politique délicate, par où se montre trop ouvertement notre gauchisme. Ma mère embraye, ils tâchent tous deux de m'impliquer dans leur argument, malgré mon silence et ma gêne, dont ils s'amusent, heureux de mettre à mal ma situation de quasi-favori auprès de ma grand-mère, devant laquelle je fais toujours preuve d'une absolue indétermination politique. Elle et moi feignons de négliger ces sujets embarrassants au profit de ce qui nous attache spirituellement l'un à l'autre, par-dessus tous les membres de la famille, qu'irritent les allures dévotes, le ton pénétré, l'air d'intelligence et de condescendance que prend notre culte savamment entretenu : l'amour de la littérature.

Maman revient encore sur un point conflictuel dans le seul but d'égratigner l'immense confiance de sa mère dans la vie qu'elle mène, les affaires qu'elle tient (la librairie, les immeubles), les valeurs morales, intellectuelles et religieuses qu'elle défend, incarne, valeurs par excellence de la droite catholique modérée, dont elle fait partie de tout temps et de toute évidence, dont je ne vois rien qui puisse la faire dévier ou douter, si bien que je ne comprends même pas l'intérêt d'ouvrir ce débat, je contrarie ouvertement Maman, trouve un moyen terme, une solution de secours si acceptable, consensuelle et abstraite, que ma mère elle-même ne peut que s'y rallier.

Mais je ne suis pas moins indisposé quand Mamie affecte un trop grand mépris des choses *terre à terre*, de la technique, ou des arts qui lui paraissent secondaires. Elle y inclut le cinéma, trop peu de films trouvant grâce à ses yeux, alors qu'elle n'en voit que rarement, rejette en masse *âneries et cuculteries* qui passent à la télévision, dénigre a priori ce qui ne relève pas de l'écriture. Elle ne se soucie pas que son petit-fils, mon frère Bruno, puisse en concevoir de l'humeur ou du dépit, lui qui fait part de son désir de plus en plus affirmé, de plus en plus obsédant, de faire du cinéma, pour lequel il veut abandonner ses études de biologie. Dès lors qu'il quitte effectivement les sciences pour entreprendre une maîtrise en audiovisuel, elle fait mine de s'intéresser quelques secondes à ses nouvelles activités, à ses aspirations : « Et toi, alors, qu'est-ce que tu fais en ce moment ? » N'attendant plus d'attention ni d'encouragement réels, Bruno éteint sa curiosité d'un « Oh, je fais des petits trucs… », dont elle se contente, n'y revenant, de samedi en samedi, que sous une forme de plus en plus vague, que Bruno, dans un sourire, achève d'épaissir ou de diluer : « Alors, toi, Bruno, tu es dans tes… ? — Oui, oui, toujours mes… »

Elle se tourne alors vers moi, et ravie d'élever enfin le niveau de la conversation, devant toute la famille, m'interroge à plaisir sur mes récentes lectures, m'informe des siennes, donne un crédit excessif à mes paroles, que je conforme sans difficulté à son attente, soignant ma mise, mon ton, ma voix, dans le style lettré, à la fois profond et prudent, qui l'enchante à coup sûr. Je ne peux m'en empêcher. Je suis ainsi fait que rien ne peut me dresser contre ce monde qui est le sien, monde auquel j'appartiens, malgré toutes mes réserves, malgré moi, comme une partie intégrante et dépendante, quoique en elle-même profondément divisée.

Mamie n'est pas dupe du jeune esthète de convention que je m'offre de paraître. Mais il donne consistance — c'est ma théorie — au rêve claudélien dans lequel est enfermé son secret de vieille femme. Un livre le contient : *Le Soulier de satin.* Me transmettant l'œuvre, mesurant l'effet prodigieux qu'elle exerce sur moi, elle entrevoit la possible transfiguration d'une ancienne et douloureuse épreuve en métaphore mystique, impénétrable et sublime. C'est ma théorie. Se trouvent justifiés, dans le regard de sa descendance, sa vie et son sacrifice, la librairie et son veuvage, l'éducation de ses enfants et l'édification de ce monde protégé, épuré, dont le faîte comme la base sont désormais aussi solides et durables qu'immatériels et intangibles. Il se voit à l'ordonnance impeccable de ce jardin, à cet immeuble aux quatre étages duquel se distribuent rigoureusement les familles de ses enfants, à cette librairie classique

sur l'avenue de Saint-Cloud, si longtemps florissante et célèbre à l'ouest de Paris, augmentée en 1976 d'un second magasin, à ce salon enfin, toujours fleuri de roses et de tulipes, au parquet verni et ambré, meublé de fauteuils XVIIIe à médaillons, disposés en carré, dans lesquels, après manger, notre rituel veut qu'on prenne place, attendant qu'on serve le café.

Mamie s'assoit à droite de la table basse, où elle saisit briquet d'or et cigarettes, qu'elle fume l'une derrière l'autre, mâchant le filtre, parlant et fumant, consultant le journal toujours posé à côté des Dunhill rouges. Mon oncle Olivier avale rapidement deux ou trois tasses ; ma tante Christine s'offre un cigarillo ; Maman s'ingénie à reprendre le sujet qui fâche, précise son idée, cherche l'appui de sa sœur ou de son frère, se tourne encore vers moi qui des yeux tâche de la décourager. Elle me sourit, accepte d'abandonner la partie, surtout que Mamie n'y prête plus attention, s'enquiert de problèmes de copropriété, de loyers impayés par un certain Grieb, dont le nom devient vite synonyme d'incurie financière, de gabegie, un socialiste, précise-t-on à l'endroit de Maman, qui s'y met à nouveau. Elle invite à distinguer les notions, qu'on ne prenne pas tout homme de gauche pour un dépensier malhonnête, comme il semble en usage dans cette famille. Elle connaît, et tient même pour amis chers, des communistes parfaitement rigoureux, travailleurs (une qualité supérieure pour ma grand-mère) et honnêtes. Interrompue par l'un ou l'autre, souvent par moi, « Mais ce n'est pas la question ! » lui dis-je, elle s'énerve plus franchement, sa bouche se pince, la commissure des lèvres s'infléchit vers le bas, les traits se tendent, la voix monte, cassante, crispée, saccadée. Mes petits frères se mettent de la partie, angoissés par ces querelles verbeuses qui sapent leur tranquillité, exaspèrent l'envie qui les démange de retourner à leurs jeux (ils sont encore petits). « Ça n'a aucun rapport ! » lance-t-on à Maman, dans un mélange de goguenardise et de fatigue, avant de se séparer enfin, l'après-midi s'avançant, en s'assurant toutefois qu'il n'y ait aucun conflit réel. D'elle-même, Maman boucle les hostilités en relativisant ses propres positions, soit qu'elle sente sa mère excédée, soit que la contradiction lui vienne de son propre camp, Bruno, moi-même, ou sa sœur, qui sait ménager les susceptibilités, ou encore son frère, qui, ajoutant l'humour et la malice, la fait battre en retraite dans un rire.

Emmêlement de voix auxquelles s'ajoutent les piaillements des tout-petits, mes cousins, fils et filles de mon oncle et de ma tante. Ils jouent au milieu de nous dans le salon, réclament leurs jouets, tirent une manche, un pied, accrochent d'une petite main la bouche de leur père ou de leur mère, brouillent et égayent la conversation générale, noyée de fumée, d'odeur de café, d'éclats de cette voix Ruat.

Derrière le canapé, mon œil tombe sur le paravent, qui, de longues années, arrête et captive mon regard. Est peinte, sur toute sa surface, une scène citadine au XVIIIe siècle. Versailles ? Sans doute. Les maisons, au fond de la toile, ont à peu près la façade et les proportions des vieux immeubles des carrés Saint-Louis. Au premier plan, un homme de profil, tenant son tricorne, marche vivement contre le vent. Dans la perspective, une fenêtre attire l'attention : les rideaux rouge orangé ont l'air de déborder de l'encadrement. À droite, une lourde charrette, portant cargaison d'hommes en rouge, entre sur l'avenue bordée d'arbres. Grande est ma surprise le jour de petite enfance où mon frère me fait remarquer qu'il s'agit en fait d'un incendie. Ce ne sont pas des rideaux, mais des flammes qui jaillissent en boisseau serré hors de la fenêtre. Je sursaute, reconsidère la scène. Le personnage du premier plan ne lutte pas contre les intempéries, il est inquiet, aux abois, court à la recherche de secours. C'est un attelage de pompiers, qui, en sens inverse du piéton, surgit de la droite. Les hommes rouges sont armés de tuyaux et d'engins coupe-feu. Comment ne l'ai-je pas vu plus tôt ?

Chaque Noël après-midi, attendant le signal autorisé pour l'ouverture des cadeaux, assis auprès des paquets amoncelés sous le sapin, désireux de tromper mon impatience, je contemple l'éternelle scène d'incendie. Le paravent est éclairé par les néons qui surplombent les grandes fenêtres. La lumière est blanche et froide. Je détaille longuement les personnages vêtus de rouge, ces pompiers du XVIIIe qui ne portent pas les casques argentés de ceux d'aujourd'hui. Fixité des flammes et des silhouettes, saisies pourtant dans la vitesse d'un mouvement de panique. Je m'en détourne. J'y reviens. Rien n'a bougé. Histoire qui ne finit jamais. Je découvre mes jouets dans l'éclat de ces fantômes immobiles et affairés.

Voix des choses et des gens, confondus. Encombrements de têtes, de visages, d'expressions, de moments, de lieux, de jardins, d'odeurs, d'autres choses encore et d'autres gens encore.

Mots, choses, voix, personnes s'amalgament et se refusent à la découpe des phrases, des circonstances et des temps, sous la poussée chahuteuse de ma propre voix qui les dit, avec cet accent vieillot que j'emprunte aux acteurs et orateurs d'autrefois : « Siaugues-Saint-Romain, Langeac, Rosa, Denise

Ricard, Barbier-Bouvet, les Wagner, la rue Édouard-Charton, Jeanne et Robby Chevalier, Shirley et Jean-Pierre, Gregory et Robert » — Maman prononce ces deux noms en forçant l'accent américain, *Gwreigowry* et *Wrobewr'tt.*

La rue Goethe, l'exode de juin 40, la librairie rouverte dès la fin août 40, les assiettes et les fourchettes d'argent qu'on sort du gros buffet chez Mamie, sa clochette en forme de petite négresse à robe vichy, rapportée des Antilles, placée toujours à droite de son couvert.

À chaque fin de plat, elle sonne Madeleine Sorieux, qui sert à table, des années durant, tablier blanc à dentelle sur robe noire, chignon de cheveux gris que je ne vois jamais défait ni même à peine relâché, lunettes de fine écaille démodées, voix aigrelette, pincée, déférente. Nous avons cinq, huit, dix, treize ans, elle nous vouvoie, nous parle sans chaleur, nous réprimande : « Madame Ruat n'autorise ni les galopades dans l'appartement, ni la cueillette de cerises ou de fraises dans le compotier, ni les coudes sur la table. »

Roger et Poucette Blin, tous les Blin.

Nom de mon arrière-grand-père, tué en 1915 à Nouvron-Vingré.

Cousins innombrables, fratrie, ramifications, les Julien.

Un jeune fils à vingt ans se tue en mobylette, son

crâne heurtant le trottoir, nous l'apprenons un soir dans la cuisine.

René, Babeth, Fanfan, Patrick Châtain.

Au mariage de Patrick et de Fanfan, je ne comprends rien aux déhanchements et contorsions que les danseurs affectent. C'est le *jerk*. Intimidé, voyeur et vaguement dégoûté, je m'isole dans un coin de la salle obscure traversée de flashs. Le marié est déchaîné.

Jean Moreau.

Demi-frère de ma grand-mère, né du second époux de notre arrière-grand-mère. Paulette, sa femme, est tuée dans un accident de voiture. Ils arrivent à Siaugues-Saint-Romain, c'est encore la nuit. Jean est épuisé, ses yeux se ferment. Arbre. Paulette traverse le pare-brise. Sur le coup. J'apprends toutes les expressions de la mort accidentelle. Jean se réveille à l'hôpital. On lui cache la vérité quelque temps. Remariage. Sa voix, d'un puissant métal, tire cigarette sur cigarette. Le tabac imprègne la belle maison sur la butte Montboron. Tout le monde fume chez les Ruat.

Quatre garçons terribles, cousins Ruat de Paris, fratrie gouailleuse, de leur voix nasale et futée, parlant à toute allure, mettent systématiquement ma mère en boîte, lorsqu'elle se retrouve avec eux, depuis leur enfance jusqu'au mariage des uns et des autres, instaurant une tradition de gaieté ironique, de volubilité incessante, qui se communique aux enfants, à nous, qui peuplons nos voix de tous ces accents de comédie, de ces apostrophes taquines, de ces blagues moqueuses, dont nous jubilons d'être tour à tour les auteurs et les victimes.

Maurice Ruat, Pierre Ruat, Bernard Ruat, Philippe Ruat, Jean-Claude Ruat, Claude Ruat, Dominique Ruat, Frédéric Ruat, Olivier Ruat, Ruat vivants et Ruat morts font dans ma voix un chahut de torrent.

Tombe Piquois-Ruat, concession à perpétuité.

Voix de mon oncle

Olivier a le visage de mon grand-père. Je les superpose, visage sur visage, les yeux sur les yeux. Voix d'Olivier, voix de Maurice Ruat ? Yeux bleus, nez retroussé, cheveux blonds, gaieté vive, grand cœur, énergie. Les mains dansent.

Bruno et moi grandissons avec toi, jouons avec toi, édifions des châteaux dans ta chambre mansardée, tripotons tes soldats, tes peintures, tes livres, les casques de poilus trouvés au fond de tes grands placards.

Au moment de poser un petit soldat Airfix sur le champ de bataille miniature et ouvragé, où tu colles, une à une, les figurines savamment peintes, ta main, sous la poussée de l'enthousiasme, prise de frénésie, monte et descend, ne se résout pas à lâcher la pièce, jusqu'à ce qu'enfin, d'un geste très sûr, tu détermines à jamais la place exacte que tu as choisie. Nous béons d'admiration devant tant de soin, de détails et de vérité. Oncle-frère.

Dans la voiture, en Bretagne, tu étouffes de douleur. Séparation qui te coûte l'amour de ta jeunesse. Nous roulons ; nous trompons de chemin. J'ai vingt ans, à peu près. Ne sais rien te dire, embarrassé, triste, emprunté. Nous roulons encore, nous nous arrêtons en pleine campagne, nuit tombée. Je ne sais rien dire. Tu ne pleures pas, ne dis mot, restes gai. Dans la voix Ruat, toujours légère, enjouée, métallisée par la cigarette.

Tu fumes. Nous roulons à nouveau pour trouver un tabac. Cinq paquets. Tu fumes.

Le grain sec et chaud de ton timbre aujourd'hui rocailleux ne perd rien de sa clarté première, indestructible.

*

Voix de ma tante

Du jardin où je joue, je l'entends qui, dans sa chambre, au quatrième étage, déclame une plaidoirie. Future avocate, brillante et belle jeune fille, elle travaille ses cours de droit : j'aime l'énergie et l'autorité naturelles qui jaillissent, musicales, de cette fenêtre ouverte là-haut, paradis inaccessible que représente pour moi sa chambre.

*

Voix de ma grand-mère

Le psychanalyste, chez qui je me rends trois fois par semaine, me dit un jour : « Il vous faut tuer la vieille dame qui est en vous. » Je comprends d'abord qu'il me faut tuer en moi l'influence de ma grand-mère. Faire taire cette voix qui, pour moi, fixe, depuis toujours, le timbre de l'ordre, de la stabilité, de l'autorité indiscutable et sacrée. Celle-ci s'exerce à tout moment et dans tous les lieux.

À table : « Dis donc, cucul la plume, sais-tu qu'on ne retourne jamais à la cuisine les mains vides ? »

À l'église : « Hep ! là-bas, vous allez vous taire ? » dit-elle entre deux strophes d'un chant qu'elle pousse d'une voix invariablement grave et nettement fausse. Elle utilise ce « Hep ! là-bas » même si nous sommes à ses côtés, petits-enfants, employés, toute personne à portée de sa voix.

À la librairie : Bruno et moi y travaillons régulièrement avant la rentrée des classes. Lorsqu'elle nous surprend dans les travées, au fond, à ne rien faire,

ou le faisant mollement, en compagnie des autres intérimaires, l'apostrophe est immédiate : « Eh bien, gros ballots, qu'est-ce que vous faites donc plantés là ? Allez zou ! » Le « zou », sans appel, nous disperse comme une volée de moineaux, sans que nous sachions immédiatement où nous porter, ni que faire, pour nous soustraire à sa prochaine remontrance.

« Oh, c'est ballot, ça ! » La fulgurance de l'agacement s'entend à l'attaque du « oh » : brève, dure, sèche. Syllabe tranchée net. Une voyelle à la limite de la consonne. Dans la voix de ma mère, ce « oh » se trouve aussi. Net et fermé dans sa prononciation (le contraire d'un « oh » méridional, suave, large, étiré), il est coloré soit de plus d'angoisse, soit d'une gaieté de jeune fille, dont la résurgence étonne, allégresse primitive dans la voix et le rire de cette famille.

*

Voix de la télévision

Voix de Léon Zitrone, voix de Fernand Raynaud, voix de Roger Gicquel, de Roger Lanzac, de Guy Lux, de Danièle Gilbert.

Voix disparue dans la voix des autres : Thierry Le Luron, les imitateurs. Voix de Thierry Roland, de Bernard Père, de Robert Chapatte, emmêlement de voix, voix de la télévision selon les heures, selon les jours, voix des chanteurs de variétés, Sacha Distel, Nicoletta, Stone et Charden, Petula Clark, Gérard Lenorman. Plein gosier rose et luisant. Leur langue brille et frétille dans la gorge vibrante, entre deux rangées de dents blanches jusqu'à l'éblouissement. L'éclat des projecteurs, les couleurs criardes, les flonflons d'un orchestre tapageur associent pour longtemps la laideur à la notion même de télévision. Nous regardons avidement.

Les gros micros me font envie, j'aimerais en tenir un dans ma main et hurler dedans, moi aussi. Noël 1975, on m'en offre un, pas tout à fait comme je voudrais, il ressemble à ceux qu'on utilise dans les années cinquante : trapézoïdal, strié, fixé sur un pied. On le tient comme on tient un émetteur-récepteur. Je m'en contente, et me livre, debout sur nos deux lits que nous joignons pour faire un podium, à des *tours de chant*, beuglant Joe Dassin : *On ira / Où tu voudras quand tu voudras, et on s'aimera encore / Lorsque l'amour sera mort*, Antoine : *Ma mère m'a dit Antoine va t'faire couper les ch'veux*, Nino Ferrer : *Gaston y a l'téléfon qui son et y a jamais person qui y répond*, les Beatles : je chante un sabir d'anglais émaillé de *ouinch ouinch* et de *wing wing gum weang*. Le micro sature, le faible amplificateur crachotte, tombe en panne. Je reprends un bâtonnet, coiffé d'une paire de chaussettes en boule, convenant mieux à l'image que je veux retrouver. Je chante en béant le plus possible, yeux fermés, main droite étendue devant moi, que je ramène progressivement en brassant l'air, avant de la replier sur mon cœur en fermant le poing, comme je le vois faire le samedi soir, mon père ne manquant que rarement l'émission de Maritie et Gilbert Carpentier.

Voix américaines

*

Voix de doublages

Clint Eastwood, Lee Van Cleef, Robert Conrad (l'acteur des *Mystères de l'Ouest*, et son acolyte, comment s'appelle-t-il ? je ne sais plus, si, Ross Martin), Kirk Douglas me sont plus familiers dans leur voix française qu'en cet anglais-américain qui est pourtant leur langue maternelle, à laquelle je persiste à les croire étrangers, tant ils sont bien moins acteurs individualisés que figures archétypiques de nos mascarades enfantines. Pur plaisir de jeu avec mon frère Bruno : nous ne nous lassons jamais de parler affublés de ces voix qui sont les seules voix possibles dans nos aventures de cow-boys, ou de guerre.

À présent vieillies, peu à peu remplacées, ces voix, je ne les entends plus sans entendre Bruno venant dans ma propre voix, rire du rire aigu et narquois de Kirk Douglas, ou redire ces répliques de je ne sais plus quel Sergio Leone : « *Tu vois, Tuco, dans la vie, il y a deux espèces d'hommes, ceux qui tiennent le revolver, et ceux qui creusent — un léger temps — Toi, tu creuses.* »

Voix de mes frères

*

Voix de Jean Davy

« Je suis Jean Davy, de la Comédie-Française ! » Dans mon dos, la voix tonitrue, fait sursauter la queue qui se presse au contrôle du théâtre Montansier. À l'oreille, je reconnais le capitaine Achab, la voix de Gregory Peck, dans *Moby Dick*. Je connais le nom de Jean Davy, mais pas Jean Davy. Je me retourne pour voir Jean Davy : un beau et puissant vieillard aux cheveux rares et blancs, au visage carré, l'air excédé. Noble, vénérable, il n'en est pas moins ridicule à réclamer de force qu'on le reconnaisse, qu'on s'écarte, qu'on le fasse passer devant nous, avec la déférence qu'on devrait à toute personne de la Comédie-Française, surtout à Jean Davy.

L'aristocratisme « de la Comédie-Française », se faire valoir par l'ajout de cette particule, devoir préciser qu'on en est pour imposer le respect et la préséance, voilà qui m'apparaît — dans cette queue bon enfant où l'on attend de retirer sa place — risible, inutile et désuet. J'entendrai dorénavant dans cette voix typique, « de la Comédie-Française », toujours grave, toujours trempée de morgue solennelle, toujours discrètement offusquée de ne jamais se voir reconnue au rang où d'elle-même elle se place, la voix du comédien infatué, bluffeur, intégralement comédien, jamais rien autre que comédien, infectant le mot lui-même de la nuance la plus triviale. J'imite volontiers cette voix de cabot. Elle affleure à mes lèvres à tout bout de champ, malgré moi, je m'en rends à peine compte, cela vient tout seul, je m'amuse beaucoup. Je finis par m'inquiéter d'une telle facilité.

Maladie : que ce détestable histrion s'empare de moi, s'installe confortablement dans ma voix, y règne, se substitue définitivement au comédien que je voudrais être. Puissé-je ne jamais me laisser aller à tonitruer dans une file d'attente, au théâtre : « Je suis Denis Podalydès, de la Comédie-Française ! »

*

Voix de Jacques Ciron et de Guy Pierauld

Voix de Pompadour dans *Babar*, du chapelier dans *Alice au pays des merveilles*, d'Alfred dans *Batman*, Jacques Ciron, des années durant, n'a ni corps ni visage. Je ne sais rien de lui, ne songe même pas qu'il y ait quelqu'un dans ? derrière ? la voix.

Guy Pierauld est la voix de Bugs Bunny. Je suis persuadé que la voix n'est à personne sinon à Bugs Bunny, ne suis pas capable de la dissocier de ce lapin malicieux. J'imagine l'étonnement d'un guichetier, par exemple, accueillant distraitement Guy Pierauld, la tête penchée sur ses registres, entendant soudain Bugs Bunny en personne réclamer sans malice, d'une voix plate et quotidienne, un renseignement, un billet de train, un papier administratif.

Au théâtre Montansier de Versailles, on donne *Le Songe d'une nuit d'été*. Stupeur : Bottom a la voix de

Pompadour. C'est à n'y rien comprendre, je ferme les yeux, suis dans Babar, rouvre les yeux, contemple un acteur par lequel je découvre la notion de doublage. Je suis si long à sortir de ma rêverie que j'en perds une bonne partie de la pièce, néglige les scènes des amoureux dont rien ne me reste, concentre ma pensée et mes regards sur Jacques Ciron, sa tête ronde, ses grands yeux, sa haute taille, son port de tête bizarre mais assez élégant, et sa voix impossible, qui lui appartient bien moins qu'elle n'appartient à une créature de dessin animé.

Jacques Ciron, Guy Pierauld occupent dans ma mémoire une fréquence imprécise, intermédiaire, avec et sans visage, ombres comiques quasi disparues et persistantes, voix-jouet dont j'aime, de façon parfaitement incongrue et solitairement, réactiver le ton perché et guindé de l'un, ou le zézaiement mécanique de l'autre.

Voix d'Antoine *Bouchedégoût*

Je cultive le sentiment aristocratique d'une mauvaise naissance. Bâtard de mon propre père je suis. Devant mon frère éberlué, je déclare un jour — ai-je dix ou douze ans, peut-être — m'appeler Antoine *Bouchedégoût*. Le nom vient à ma pensée en même temps qu'il me vient aux lèvres. J'ai pris la place de Denis, enlevé, chassé, probablement tué. Je ne sais nullement d'où je viens, mais pas de mon père. De ma mère non plus, mais je n'insiste pas là-dessus.

Quelque temps plus tard, pour amuser, épater, surprendre Bruno dans le jeu auquel il s'applique, maquette d'avion, fabrication minutieuse d'un diorama, finition des peintures de soldats Airfix (dont notre oncle lui a transmis la passion) — odeur des petits pots de peinture à l'huile, de la colle qu'il utilise, délicatesse infinie de ses gestes pour déposer une décalcomanie sur le flanc d'un Spitfire ou d'un Fokker triplan, je lui envie sa connaissance, son adresse, sa patience, moi qui l'imite et fais rageusement de mes propres maquettes des boules et des magmas, des pelotes informes, les décalcomanies me restent sur les doigts, les peintures débordent des lignes tracées pourtant sur le plastique, les trains d'atterrissage ne sont jamais droits, ne tiennent pas, se décrochent, l'avion est bientôt sur le ventre, le cockpit enduit de colle ne laisse pas voir le pilote que j'ai eu tant de peine à fixer sur le siège minuscule, l'hélice n'est pas dans l'axe de l'appareil, j'ai, là aussi, mal jugé de la quantité de colle nécessaire, le nez de l'engin est bouffi de surplus gélatineux, je pleure, je rage et trépigne, doigts gluants et agglutinés (je m'apaiserai en détachant de mes phalanges les fines pelures, les lambeaux de colle séchée), je n'en peux plus, je balance à travers ma chambre le misérable avion, l'avorton de mes mains gourdes, me traitant d'idiot, d'idiot, d'idiot, encore et encore, et je vais voir mon frère dans sa chambre, en face de la mienne, de l'autre côté du couloir —, donc : pour l'amuser, l'épater, le surprendre, je lui ressors mon histoire.

Je suis Antoine *Bouchedégoût.*

Je l'agace, j'invente à la seconde même autre chose. Je m'appelle *Kabache*, le nom me vient de nulle part, je déforme ma bouche, déportant ma mâchoire vers la gauche et la faisant fortement saillir, pince les lèvres, monte dans les aigus, sans atteindre un ton de fausset, mais surtout, c'est absurde, à chaque fin de phrase j'ajoute *bdeu bdeu*, c'est complètement idiot mais c'est ainsi, Salut, toi, comment tu t'appelles, *bdeu bdeu*, Je ne sais absolument pas quoi dire,

bdeu bdeu, Alors tu fais des maquettes, *bdeu bdeu*, je l'énerve franchement, je continue, Tu sais que je suis un chanteur, j'improvise un air, montant et descendant, *bdeu bdeu bdeu bdeu bdeu*, Bruno me demande d'arrêter, j'en rajoute, il rit, ne sait plus quoi faire, veut me chasser, arrête.

Quelque temps plus tard, je reviens à l'assaut, je suis encore un autre, *Gadir*, le nom vient avec la même gratuité que Kabache et Bouchedégoût, je place ma voix dans un coin de la gorge, recule la mâchoire inférieure, le son est plus nasal, je remplace *bdeu bdeu* par *hin hin*, j'invente un air, plus horripilant et plus entêtant que l'air de Kabache, je taquine mon frère de longues minutes, il s'exaspère mais l'exaspération se teinte de rire, sans toutefois rien perdre de sa qualité d'exaspération, le temps se passe, se gâche, se liquéfie, le début de soirée arrive, on nous appelle à dîner, nous n'avons rien fait, ni devoirs, ni maquettes, ni lecture, ni dessin, rien que des scènes absurdes, que je lui rejoue de temps à autre, dites *Kabache-Gadir*, pour le désœuvrer, lui faire partager mon désœuvrement, interrompre sa concentration, son ascension d'aîné, sa marche en avant vers l'état de jeune homme, le retenir en enfance, périodiquement j'entre dans sa chambre pour un oui ou un non, Tu te souviens de moi, *bdeu bdeu*? Moi ça me fait plaisir de te voir, *bdeu bdeu*, Je peux te chanter quelque chose *bdeu bdeu*? — Va-t'en, arrête, laisse-moi tranquille — *Hin hin*, je suis l'autre, Gadir, je n'ai pas entendu ce que tu as dit à Kabache, tu peux me le répéter, *hin hin*? — Dégage, dis à Gadir, à Kabache, à tous ces emmerdeurs, que j'ai besoin d'avoir la paix! — Mais qu'est-ce que tu racontes, je ne les connais pas, moi, je suis Antoine Bouchedégoût, je n'ai rien à faire avec eux, parle-moi sur un autre ton!

L'ennui pour mon frère, l'intérêt pour moi, c'est que c'est sans fin, ça ne veut rien dire, ça n'avance pas, ce n'est que du poil à gratter, du vent, de l'ennui maquillé en voix, *bdeu bdeu*, en singerie, *hin hin*, du temps inutile dont rien ne me sort sinon le temps lui-même, quand il a viré à la nuit, à l'heure de se mettre en pyjama, *hin hin*, de dîner, de retrouver nos parents, *bdeu bdeu*.

Voix de mon parrain

« Alors, dans ton lycée, est-ce qu'il y a du *sexisme* ? » Je suis désarçonné. Il est invité à dîner chez mes parents, comme chaque fois qu'il vient à Paris. Bruno et moi entrons à tout petits pas, comme à regret, dans l'adolescence. Pudibonds, timides, incertains, nous redoutons ses adresses gaillardes, malignes, destinées souvent à nous mettre en boule. Son œil rond, large et luisant, bordé de longs cils, qui l'agrandissent encore, pique dans nos regards fuyants, s'amuse, prend à témoin Papa et Maman, qui applaudissent l'épreuve. Ils sont charmés par son aisance, sa liberté de ton, sa malice qui ne manque jamais ni d'élégance ni d'à-propos.

Voix teintée d'accent pied-noir et marseillais, à laquelle il imprime une douceur sensuelle, si clairement avouée, qu'une saine et suave autorité s'en dégage, autorité naturelle et paisible qui toujours fait défaut dans nos murs.

Je ne sais pas du tout ce que veut dire *sexisme*. Je

me flatte d'être lettré, j'y mets tout mon honneur. Je refuse, malgré ma confusion, d'avouer mon ignorance. *Sexisme?* S'il y a du sexe au lycée? On peut dire cela ainsi? Mais je ne sais pas du tout. Je suis en quatrième et tout à fait vierge. Je n'ai pas même entendu parler d'un quelconque rapport sexuel autour de moi. Tous mes petits camarades me paraissent aussi puceaux que je le suis. Je vais sans doute me couvrir de ridicule aux yeux de mon parrain, qui semble attendre qu'il y en ait, au moins un peu, du *sexisme.* J'interprète ainsi le mot : pas vraiment de sexe, non, mais du *sexisme*, oui. Garçons et filles font des choses. « Oui, oui..., dis-je après une longue réflexion, juste ce qu'il faut. »

Mon parrain rit franchement, de bon cœur, plié en deux. « Je me marre, excuse-moi mon petit, mais je me marre! » Il y a tant d'affection dans sa phrase, dans son timbre, que je n'éprouve aucune confusion, me marre à mon tour, victime hilare d'une si joyeuse mise en boîte.

*

Voix de ma mère

Maman est dans la salle à manger. L'odeur de tabac doit y régner, comme toujours quand elle corrige des copies. J'attends l'heure de dîner avec impatience, parce que j'ai faim. Je veux aller la voir. Sur le pas de la porte close, je m'arrête : elle parle à voix très haute et contrariée. Qui peut être avec

elle ? Je croyais que nous étions seuls, hormis mes petits frères, qui jouent dans leur chambre. « Non ! non ! Penses-tu ! Oh mais ça, non, ce n'est pas du tout mon intention. Je ne lui laisserai pas dire ça. Tout ce que je... j'avais sur le cœur, je le lui ai dit... Je le lui ai dit ! Merde ! » Un silence. « Je le lui ai dit ! » La voix est douloureuse et presque criarde. Parfois je l'entends ainsi, glapissante — scène de ménage avec mon père —, et cette voix-là me blesse cruellement, me perce le cœur d'une pointe d'insupportable angoisse.

Mais je suis sûr que Papa n'est pas là. Qui alors ? Je n'ose pas entrer, pas partir.

Suite de phrases que je ne comprends pas, qu'elle dit à grande vitesse, par saccades nerveuses.

Un long silence ramène le calme. Je n'entends plus rien. L'interlocuteur se tait également. Elle se remet à parler, normalement, à voix claire et bien haute : « Avec ça, on mettra des choses plus ou moins fortes. Il faudra du beurre, du lait, de la farine. Mais oui, mais alors à quelle heure ? » Personne ne répond. Je ne comprends rien. L'interlocuteur doit être bien étonné. J'entre.

Tu es seule. Assise, une cigarette à la main, lunettes sur le nez, tu corriges des copies, me regardes, souris, pas dérangée le moins du monde. « Tu parlais toute seule, Maman ? — Tu as entendu ? » Tu ris. Oui, tu parlais toute seule.

Tu parles toujours assez haut et fort — nous te le reprochons assez — et lorsque tu t'énerves, tu montes de plusieurs tons, précipites tes mots en irritant ta gorge. Je ne sais plus qui, dans la famille, a dit que tes fureurs en deviennent presque risibles, et te font perdre toute autorité. Je crois avoir le même défaut.

La contrariété, l'angoisse, la colère nous font placer la voix dans le masque, saccader le débit, et nous dilapidons nos forces, puissance d'émission, souplesse du médium, harmonie du timbre, clarté rhétorique, tout.

Difficulté à jouer des scènes de colère, par crainte de prendre ta voix derrière la porte.

Voix de mes frères

*

Voix de Charles Denner

Dans un film de Belmondo, acolyte en imperméable, il marche à son côté, l'informe en vitesse des états d'une enquête, le met en garde, regarde droit devant lui, vif, rapide, tendu. Jamais désarçonné par l'humour de son chef, il en a de reste, pince-sans-rire, délicat, harmonieux, tendu. Plus petit que Belmondo, il ne lui fait pas concurrence, mais ne lui cède en rien, jamais à plat ventre, droit, sec, tendu. En cravate brun-noir, peu souriant mais gai, anguleux mais souple, peau rude, visage creusé, cheveux noirs, mèche dense et noire, yeux noirs très allongés comme allongée est la bouche, étirée même vers les oreilles, la voix découpe les phrases comme nulle autre, très articulée, mouvementée comme la mer, puissante, nerveuse, tendue. Voix de courage, voix d'angoisse légère, voix qui va, voix qui fouille, hors de cette mâchoire carrée qui la mâche et la fourbit, voix qui ne susurre jamais, jamais en dessous, travailleuse, diabolique par brefs éclats, tendue.

Il risque d'effarantes compositions, *Landru, Marie-Chantal contre le Dr Kha, Une belle fille comme moi.* Dans le premier, chaplinesque, il ne cesse de s'affubler de masques vocaux, sous son faux crâne et derrière sa barbe d'instituteur. Dans le deuxième, il ose un improbable Soviétique dont on voudrait tirer l'accent comme on tire une fausse barbe dans *Tintin*, eh non, ça tient, c'est une vraie. Dans le troisième, dératiseur amoureux et maniaque, il a de ces stridences joyeuses : *Amour des hommes, ou amour des bêtes ! Amour des hommes ou amour des bêtes !*

Voix drue, verticale, exemplaire, il marche toujours à côté de Belmondo dans cet autre film — n'est-ce pas le même ? Il marche encore, petit, sec, opiniâtre, à côté de Montand, à côté de Piccoli, à côté de Ventura, dans les films de Lelouch, de Verneuil.

Héros enfin, *L'Homme qui aimait les femmes.* Il marche toujours, ne se livre pas, séduit avec sérieux, avec componction, ne plaisante pas avec ça, l'amour des femmes, découpant de sa voix les mots d'amour les plus métalliques jamais entendus, voix que je tâche d'imiter en ce moment même, *amour des hommes, amour des bêtes* (répété deux fois), *les jambes des*

femmes sont des compas qui arpentent le monde en tous sens et lui confèrent son équilibre et son harmonie — est-ce bien cela ? —, je creuse mes muqueuses, descends ma luette pour agripper l'accent fourchu, la mélodie gutturale.

Je revois le film. Voix plus intérieure et plus rauque que je ne pensais. Et sa douceur me surprend. Seul exemple de raucité douce, d'accent de gorge arrondi et caressant. Voix travaillée par le tabac, le théâtre, le sentiment tragique dont son regard témoigne. Au TNP, il joue de terribles félons. Sa voix convient aux canailles qu'il incarne comme autant de figures de Mr Hyde, dont Vilar serait le Dr Jekyll.

Je comprends. Voici que m'apparaît ce qui, en Denner, me tient, m'arrête, me fait mâchonner mes propres mots en tous sens, insatisfait de ce que j'en dis, au bord de la sensation exacte, loin encore de l'émotion précise dont je cherche la traduction.

Les cheveux. La bataille de ses cheveux noirs. La mèche. Je vois mon frère Bruno. Denner est une figure fraternelle par la silhouette. De dos, marchant, c'est Bruno. Je détecte en lui ce qui m'échappe toujours en mon frère et qui m'importe, ce qui est à la fois mien et autre, indicible et indivisible, incorporé inaccessible : le fraternel. L'allure ? Le port ? Le brun ? Le sombre ? Dans *L'Homme qui aimait les femmes*, on dit de lui : *ténébreux*. C'est le mot. C'est dans le mot. Ténébreux. Ma mère aime les ténébreux. Les ténébreux sont bruns. Les bruns sont les beaux ténébreux que ma mère aime. Les beaux ténébreux Giani

Esposito, Sami Frey, Charles Denner. Leur voix ténébreuse, brune, chaude, sensuelle, de beaux ténébreux. La voix, le regard, la peau, les yeux.

Je suis un enfant blond comme les blés, aux yeux ronds comme de bonnes billes. Bruno est brun. Maman aime les bruns, préfère sans nul doute mon frère à moi, comme elle préfère Giani Esposito, Sami Frey, Charles Denner à André Dussollier, à Pierre Richard. Le blond est clair, léger, drôle ; le brun : ténébreux, tragique, sensuel. Bruno est aussi drôle et léger. J'ai ma mélancolie bien à moi. Je me picote les doigts aux épines de cette question un soir que Maman, joyeuse, détendue, polissonne, danse avec Bruno, passe la main dans ses cheveux noirs, chahute les mèches noires, vante les yeux noirs et allongés, yeux de biche, envie les filles que Bruno fera danser dans les jours, les semaines, les années d'adolescence qui sont devant lui, radieuses.

La musique me gêne. La jalousie me démange. La rancune m'agace. Petit chagrin comique de blond tirant peu à peu, l'âge ingrat venant, vers le châtain, couleur fade. Fade est ma peine, ma petite peine, ma *pépeine*, et mesquine, elle ne tient pas même en une phrase, je la balaye, reviens à Charles Denner.

Comment es-tu mort ?

J'ai ta photo parue dans *Libération* ce jour-là : mèche noire. Visage carré, sourcils épais noirs amassant de l'ombre au-dessus des yeux. Yeux légèrement plissés, noirs sur la cendre grise des cernes. Cigarette à la main. Tu viens sans doute de l'ôter de la bouche.

Lèvres délicates, fermées. Écharpe mal nouée laissant apercevoir le blanc du col de chemise. Mélancolie furtive dans le regard fixant droit l'objectif. Homme farouche, éternellement aimable et incertain.

Voix de monsieur Kutchera

De 1970 à 1977, mes parents louent presque chaque été, à l'île d'Oléron, une maison d'étrange et composite architecture, dominant une immense pinède légèrement vallonnée, au fond de laquelle, sitôt le déjeuner pris, nous détalons au galop, rejoignant la cabane sophistiquée que notre père nous a construite, dont la solide structure, faite d'épais branchages, se maintient d'année en année. Plus que la plage, cette pinède aux mille cachettes, aux recoins sinueux, parcourus de lapins, est le terrain d'élection, le décor fastueux, pour ainsi dire le pays — son étendue nous paraît aussi vaste qu'une contrée, et sa stricte clôture nous en fait les seuls occupants — des étés de notre enfance.

S'y ajoute un mystère. Les propriétaires forment un couple singulier. Herbert Kutchera, le mari, droit, élégant et bronzé quoiqu'il ait passé la soixantaine, Autrichien parlant avec un fort accent, offre un beau visage aux traits profondément taillés. Sous d'épais sourcils blancs brillent ses yeux, dont le bleu intimide, comme la silhouette, la démarche, la personne entière, autoritaire, sardonique, changeante. Charmant, galant et rieur lorsqu'il vient demander une cigarette à ma mère, il est sec et glacial quand il nous surprend à jouer trop près de leur séjour ; se montre volontiers cynique et cruel, un jour qu'apprenant la noyade d'un enfant il nous déclare d'une voix légère et chantante, étouffant même un rire, que « Ça fait de la nourriture fraîche pour les crabes ». La femme, élégante, élancée, de beauté encore très visible malgré l'âge, n'est pas moins impressionnante, et son regard me fait toujours baisser tête et voix lorsqu'elle nous adresse la parole. Leurs relations avec le voisinage sont exécrables. Des ennemis partout. La pinède est doublement enceinte d'une haute grille et d'une haie de cupressus dont les ramures serrées et entrelacées interdisent les regards curieux. De grosses pancartes mettent en garde contre les pièges à loup.

L'été 75, arrive Prisca, leur fille aînée, dont la splendeur et la gentillesse nous renversent tous, accompagnée de son mari italien, Giancarlo. Monsieur Kutchera le déteste, sans doute pour la seule raison qu'il est italien. Ils nous apparaissent dans toute la gloire de leur élégance romaine, font assez vite le don d'une amitié sincère et joyeuse à ma famille qui, par je ne sais quelle mauvaise conscience, ne m'en semble pas digne. À la main de Giancarlo, un somptueux berger allemand, sa fierté. Il a gagné des prix de beauté. Nous l'adorons. Auprès de lui, nous nous promenons gonflés d'orgueil, Bruno et moi, malgré notre peur des chiens, que la magnificence et la douceur de celui-ci écartent pour quelque temps.

Une nuit de juillet, cris, désespoir, fureur. Nous dormons. C'est la voix de Giancarlo. Papa se précipite. Nous, les enfants, dormons toujours, de notre lourd sommeil d'enfance, n'apprenons qu'au matin la nouvelle, qui nous pétrifie : son chien ne répondant pas à son appel, Giancarlo s'est enfoncé dans la pinède ; il l'a trouvé raide mort, empoisonné d'une boule de strychnine, qu'on a dû lui jeter au travers du grillage. Au lever du soleil, Papa a aidé son nouvel ami, que les larmes étouffaient, à l'ensevelir.

Giancarlo est persuadé que le coupable n'est autre que son beau-père, qui, lui, soupçonne tous ses voisins. Nous sommes tristes et désemparés lorsque ce jeune couple, dont la séduction s'exerce si fort sur nous, quitte l'île dès le lendemain du drame, en se promettant de ne jamais revenir. Ils nous manquent. Une sourde angoisse nous gagne. Nous reprochons aux Kutchera leur sécheresse, leur méchanceté, nous nous croyons nous-mêmes exposés à quelque danger. Et si j'avais trouvé la boulette de strychnine, moi ? Ou mon petit frère ? Qui sait s'il n'aurait pas eu l'idée de la porter à la bouche ? L'hypothèse me fait blêmir. L'atmosphère est viciée, les vacances gâchées.

Nous n'y allons pas de main morte et prêtons volontiers à Herbert un passé nazi, d'autant qu'il a confié détenir dans sa cave un casque allemand, dans lequel, avec cet œil enfantin et sadique, qu'il darde en annonçant une nouvelle sanglante, il se vante que subsiste un fragment de cervelle séchée...

Leur fils alimente aussi notre angoisse. Frappé jeune par une poliomyélite, vivant la plupart du temps dans un institut lointain où ses parents le laissent végéter, il ne passe que de courts séjours dans leur propriété. À certaines heures, j'aperçois son corps blanchâtre, malingre et débile, il marche désarticulé comme un vieux pantin, robe de chambre écossaise ouverte sur sa poitrine creuse et blanche, short blanc sur ses cuisses curieusement tordues, inégalement velues, les pieds enserrés dans des sandales plastique, usées, jaunes, dont le contact caractéristique sur le sol me signale sa présence douloureuse. L'injustice de la vie se concentre dans cet homme d'à peine vingt-cinq ans. Il ne sourit jamais, ne dit mot, souffre toujours, retourne à sa chambre d'où quelquefois, à travers les murs, nous parviennent une plainte, un appel sec, des cris brefs. Seule sa sœur Prisca, aussi belle qu'il est disgracié, nous parle de lui. Elle l'aime, il l'idolâtre — l'imaginant aisément, nous n'en sommes que plus émus. Elle rêve de l'emmener loin de leurs parents, mais désespère de le voir un jour mener une vie moins sinistre.

L'observation de la famille Kutchera fait surgir de bien noires énigmes.

Asthmatique, fumant tout de même, voix sifflante, rauque et dure selon le moment, aigrelette sur les finales, chantant son cynisme et sa cruauté désinvoltes, le père Kutchera nous rebute et nous obsède. Dans la cuisine fruste, parmi les ustensiles vieillots, pendant que ma mère épluche des haricots sur l'horrible toile cirée, dont la teinte cafardeuse nous fait rire de dégoût, nous nous moquons de lui tous azimuts, nous réjouissons des mille recommandations qu'il scotche partout, sur la cafetière, les robinets, la machine à laver, l'aspirateur, le réfrigérateur, comme s'il protégeait des pièces de valeur, ou tendait à prendre les locataires saisonniers pour des enfants idiots. Sur l'air de *Reviendra-t-il marcher parmi les hommes ?*, chant catho laborieux et entêtant qu'on rabâche dans les catéchismes, nous entonnons même, riant et nous gaussant, la phrase qu'il a placardée sur le réfrigérateur : « *Le dégivrage n'est pas automatique.* » Hymne de ces vacances, ce chant me dit encore la complicité familiale, ironique et enfantine, que ma mère et nous, ses fils, partageons si allègrement, et dont aujourd'hui le père Kutchera se trouve la victime providentielle. Je ris, j'ajoute un sarcasme à un autre sarcasme, je me lève, je me place sur le seuil de la porte, me voûte, balance mes bras légèrement écartés du corps, dodeline de la tête, porte une main à mes lèvres, doigts en V pour signifier la cigarette, « *Huh, huh,* madame Podalydès, auriez-vous, *huh huh,* l'obligeance de m'offrir une petite cibiche, *huh, huh* ? » Je capte la fréquence de sa voix, le grain de son timbre, restitue son accent autrichien, chantonne comme il le fait, glisse dans les phrases sa respiration chuintante, ces petits *huh, huh* très aigus dont il parsème sa conversation, et je vois Maman rire aux éclats, prendre à témoin mes frères, mes frères m'en redemander, Papa venir nous rejoindre, je recommence mon numéro, je connais un parfait bonheur de reconnaissance.

Voix de mes frères

*

Voix de Pierre Mendès France

Jusque dans ses plus infimes intonations, malgré l'altération de l'enregistrement, cette voix recèle les plus hautes vertus : bonté, modestie, intelligence, détachement — qu'une vaste et discrète culture fonde, agrège et ennoblit, divulguant peu à peu, à la grâce d'une inflexion, au travers d'un silence, presque timidement (impossible d'extraire une citation qui la résume), une densité spirituelle des plus rares.

Mendès raconte ses origines, ses premières années, ses études, ses engagements, sa vie d'homme politique. Il avance dans sa parole avec méthode ; ne cherche pas à convaincre ; ne s'écoute pas lui-même ; ne domine pas l'interlocuteur, qui n'affecte ni émerveillement ni respect obséquieux devant le Grand Homme. Mendès délivre les faits, simplement. Faits qu'il n'enjolive ni ne caricature, les considérant à la distance de l'Histoire objective. S'adressant avant tout à un historien, il élude sa vie privée. Il s'est marié, a deux enfants. On n'en saura pas plus. J'imagine sa gêne étonnée, si Lacouture s'aventurait à demander des précisions intimes, son refus poli d'en dire davantage, son austère et inflexible souci de ne parler que de son existence publique. Mais la voix même de Mendès, empreinte de pudeur naturelle, empêche toute velléité d'aller outre. L'arrête moins la gêne que la certitude de n'y voir aucun intérêt, se jugeant digne d'attention non pour ce qu'il est, mais pour ce qu'il fait, dans ce temps dont il est acteur et témoin. Mendès se voit réellement parmi les autres, homme singulier dont la singularité peu à peu se déduit de son discours, qui ne la cherche jamais, veut au contraire s'en tenir à la simplicité de quelques détails, choisis pour leur précision, leur contribution historique. (Son entrée dans la Résistance : il y entre comme on passe une porte ; son premier rendez-vous avec de Gaulle : nulle conversation sur les destinées du monde ; il ne demande qu'une chose : quitter Londres pour rejoindre une unité de combat.)

S'effaçant — voix douce, légèrement voilée, aux accents parfois éteints, ralentis —, Mendès gagne en sourdine la sympathie de tout auditeur.

Seul dans ma voiture où j'écoute ses *Entretiens avec Jean Lacouture*, suivant des yeux ma route, des yeux seulement, je suis cet auditeur. J'aime cet homme. Je voudrais le lui dire. Chez lui, nulle posture avantageuse, nul éclat rhétorique, pas d'anecdote valorisante. Il n'écrit pas sa propre histoire, encore moins ses hauts faits, le héros ne veut pas paraître, mais il est là. C'est ce Juif bordelais dont la probité, l'absence d'affectation, la grandeur m'entrent dans l'oreille avant que je n'en aie clairement l'idée. C'est un homme que je connais, que je crois fréquenter, il ne m'intimide pas plus que s'il était un proche, généreux et familier, qui, un dimanche, me raconte, à l'improviste, quelques heures de sa vie.

Je voudrais te questionner; je me permets de t'interrompre; je te fais répéter; on rit parfois; je me moque gentiment.

Ta voix devenue familière, emplissant depuis plusieurs heures l'espace de mon crâne et de ma voiture, je me plais à te transporter, Pierre Mendès France, dans d'autres scènes, j'entre moi-même dans ta vraie vie, je te fais entrer dans la mienne.

Nous sommes à table. Tu t'enquiers auprès de tes enfants de leurs études, de leur vie, t'amuses, prends ta part et ta place de père avec humour et discrétion, te laisses parfois déborder par l'impétuosité de l'un, désemparer par l'humeur étrange d'un autre, toujours là mais à quelques pas du centre de gravité, d'autorité, lieu que tu n'occupes jamais qu'avec circonspection, et dans le plein assentiment de ceux dont tu es responsable. Meilleur ami de l'un de tes fils, je mange d'appétit, pleinement uni à ta famille qui m'a depuis longtemps adopté.

Tu t'entretiens avec ma mère. Rougissante, elle veut te dire son admiration, avoue en riant sa confusion, agite ses mains, s'excuse. Pour la mettre à son aise, tu trouves le juste détour qui désamorce l'atmosphère de religiosité — en présence sacrée du Grand Homme — qui, si tu n'avais pris garde, aurait empesé la scène, figée déjà dans le souvenir, scène morte qu'on raconte à plaisir, en arrangeant les choses, drapant les personnages, créant des formules. Non, Pierre Mendès France, tu fais si bien que Maman parle et s'échauffe ; tu ris de tout, de ses plaisanteries, de sa vivacité joyeuse, la complimentes, la séduis. Tu ne peux même plus en placer une. On met de la musique. Allégorie : la Gauche Progressiste et Réformatrice prend ma mère dans ses bras, danse — c'est une valse — et nous, enfants, faisons cercle. Maman *s'éclate.* C'est toi qui le dis. Je suis surpris de ce mot dans ta bouche. Elle se déchaîne à ton bras, en criant haut et fort que jamais elle ne danserait comme ça avec de Gaulle.

Arrivé à destination, très loin de Paris, en pleine campagne, ciel bleu, portière ouverte, j'écoute encore. Le soleil donne violemment contre la tôle et m'éblouit. Combien de kilomètres avalés ainsi, oubliant la route, bande magnétique embobinée sous la voiture ?

Je suis entré dans ta voix.

Dans la voix de Pierre Mendès France, je m'en rends compte bien plus tard, c'est la voix de Pierre Bourdieu que j'entends également, que je reconstitue dans la voix de Mendès, et que je lui substitue peu à peu. Même discrétion, même probité, même économie. La scène rêvée avec Mendès, je l'ai vécue chez Pierre Bourdieu, à sa table, en famille, intimidé d'abord, fier toujours, confiant, insouciant et heureux la plupart du temps. Ami de son fils cadet Emmanuel, invité naturel et régulier de leur maison, à Paris, dans le Béarn, je me lie non moins naturellement à ses frères, Jérôme et Laurent, me laisse materner par leur mère Marie-Claire, qui déclare un jour, à mon grand bonheur, voir en moi un quatrième fils. Moi-même alors d'une fratrie identique, je me fais de la famille Bourdieu une version double de la mienne, prestigieuse et radieuse, où ma voix de clown bavard fait une trouée nasillarde, tant la leur, douce et accueillante, se tient à l'écart de tout histrionisme.

*

Voix d'Emmanuel Bourdieu

Madame de G., comme tout ce qu'il y a de vulgaire en France, exagérait ses impressions pour arriver à l'effet, et les personnes dont elle troublait l'entretien diminuaient un peu leurs sentiments en les exprimant, non par fausseté, mais par une sorte de pudeur instinctive, inconnue des gens communs, quelque esprit qu'ils aient.
Stendhal, *Armance*.

Emmanuel est de ces personnes dont une Madame de G., dans laquelle on pourrait reconnaître quantité d'acteurs, trouble l'entretien. Il ne lui en sait pas rigueur, garde pour lui sa gêne et le désagrément qu'il subit, dans sa voix de douceur et de fer. Sa voix retenue. Retenue parfois malgré certaines rares colères dont je ne peux faire autrement que deviner l'extrême degré atteint, à quelques accents — au suspens entre les accents — d'âpreté tendue, où la douceur domine encore, en prenant toutefois, par je ne sais quel tour de force, une phénoménale puissance d'indignation, de fureur, fureur bien plus terrible d'être déduite plutôt qu'entendue par celui qui l'écoute. Nulle cruauté, nul plaisir à cela. Faut-il qu'il soit durement blessé pour en arriver à ce point de parfaite exaspération. Une fois j'en suis la cause, et l'objet.

Voix de mes frères

*

Voix d'Annie Ducaux

Dans l'ennui d'une représentation vieillotte de Racine, donnée dans la majesté incontestable de l'orangerie du château de Versailles, par un froid qui engonce et pétrifie tout le monde, résonne, dans un de ces rares moments où je ne succombe pas à la distraction, à l'apathie ambiantes — mon frère se moque presque ouvertement de Georges Aminel, ma mère a un rictus transi, accablé, mon père regarde ailleurs, l'assistance bouge et toussote en permanence —, un accent directement issu de cet autrefois déjà inaccessible : l'époque révolue où la tragédie est naturelle, représente le spectacle le plus prisé, offre au public un plaisir immédiat, physique et encore neuf; époque où les tragédiens sont des vedettes au même titre que les chanteurs d'opéra, aujourd'hui les sportifs ou les mannequins; époque où l'on s'évanouit, où l'on *se pâme*, en écoutant une tirade d'Athalie *C'était pendant l'horreur d'une profonde nuit*; époque dont Annie Ducaux, voix noble, drapée *Ma mère Jezabel devant moi s'est montrée* aisée, rythmée, *Comme au jour de sa mort pompeusement parée* capable de frapper le dernier rang de spectateurs *J'ai senti tout à coup un homicide acier* par un éclat d'une violence inouïe qui les transperce plus vivement que le gel *Que le traître en mon sein a plongé tout entier*, époque révolue, dis-je, dont Annie Ducaux est peut-être la dernière manifestation vocale.

*

Voix de James Mason

Le voile mélodieux d'un timbre à la fois aristocratique et dénué de toute affectation couvre, couve une mélancolie que les yeux ne démentent pas, mais éloignent du spectateur, condamné à n'en pas connaître le principe.

Je le découvre en méchant dans *La Mort aux trousses*. Et j'aime les méchants qui, vaincus, au terme de leurs turpitudes, mesurant l'ampleur de leur défaite, à l'instant de mourir, se délestant enfin de leur pli sardonique, éveillent une sympathie insoupçonnée et contradictoire, la pitié se substituant in extremis à la malédiction.

*

Voix de Mickey Rourke

Rusty James de Francis Coppola. Il déambule dans les rues en noir et blanc de cette ville imaginaire, fumant une cigarette, parlant à voix si basse et si douce, dans un murmure sensuel où l'acteur s'enfermera plus tard, détruisant à la hache ce visage de star.

Petit frère, Matt Dillon regarde son aîné avec une admiration qui me bouleverse.

La voix de Mickey Rourke continue en moi son parcours tendre et sinueux, je l'entends encore dans la rue, en sortant du cinéma, tandis que nous remontons vers le lycée Henri-IV, Rémi, Jean-Baptiste, et moi.

Le pas et la voix flottants, je recherche la cadence ralentie de ces scènes rêveuses, superposant malgré moi les images de Rourke et de Jean-Baptiste, de Rourke et de mon frère Bruno, tandis que Rémi et moi sommes nécessairement les cadets fervents et emplis de dévotion, Matt Dillon, ou Ralph Macchio.

Voix de mes frères

*

Voix de Gérard Philipe

Comment transcrire le chant particulier de sa déclamation ?

Percé jusques au FOND *du cœur d'une atteinte im-*PRÉ*vue aussi bien que mortelle*

Et malheureux objet d'une injuste rigueur…

Fièvre du timbre, nerveuse et nasale. Le lyrisme l'emporte d'une aile irrésistible et datée.

Comme Jean Vilar : voix à la croisée des voix et des traditions de jeu. Au théâtre, il semble neuf ; au cinéma, démodé.

Mon père, un jour de mauvais temps 1959, croise Gérard Philipe rue de Tournon. Il est saisi par sa

maigreur maladive, son visage livide, émacié, dévasté, qui ne laisse pas de doute sur le peu de vie qui lui reste. Glorieux et condamné, l'acteur s'attarde, malgré la pluie, devant une vitrine. Mon père fait mine de s'intéresser au magasin, scrute à la dérobée le pâle fantôme, fasciné sans doute — il a vingt ans, débarque à Paris — par la proximité de la vedette aux prises avec la mort.

Moi aussi, par curiosité morbide, je me plais à lire, dans quelques traits célèbres et glorieux, le travail de la mort :

Bernard Blier

Assis sur un pliant de cinéma au palais de Chaillot, pendant le tournage de *Mangeclous*. Des yeux jaunes et hagards surgissent de plissures de peaux enduites de fard, dont plusieurs couches masquent difficilement le teint cireux. Elles accusent, au contraire, l'inexpressivité du grand malade peinant à être encore là.

Richard Fontana

Exténué, appuyé contre le manteau du théâtre, brochure à la main, il joue *La Fausse Suivante* à la Comédie-Française. L'agonie, plus perceptible que les répliques et les situations de la pièce, enténèbre peu à peu l'atmosphère de la représentation, glace les spectateurs un à un.

Jean-Luc Boutté

À quelques pas de moi, sur le tournage de *Mayrig*, où je fais un petit rôle, il attend immobile, sans un mot ni regard. Je scrute son décharnement, sa patience, sa souffrance irradiante et mutique.

Les voix ne se font pas entendre dans cette contemplation médusée de la mort, se détachent de la dépouille qu'elles abandonnent au silence, et retournent résolument du côté de la vie.

II

… maintenant il fallait s'arrêter court devant ce même abîme, elle était morte. Ce n'était plus assez de fermer les rideaux, je tâchais de boucher les yeux et les oreilles de ma mémoire, pour ne pas voir cette bande orangée du couchant, pour ne pas entendre ces invisibles oiseaux qui se répondaient d'un arbre à l'autre de chaque côté de moi, qu'embrassait alors si tendrement celle qui maintenant était morte.

Est-il, pour moi, lieu plus épargné, abri plus sûr, retraite plus paisible, qu'un studio d'enregistrement ? Enfermé de toutes parts, encapitonné, assis devant le seul micro, à voix haute, je lis les pages d'un livre. Le monde est alors celui de ce livre. Le monde est dans le livre. Le monde est le livre.

Je lis « Albertine disparue », je n'y suis pour personne. La voix haute n'est pas si haute. Dans le médium. Je suis un bavard impénitent sauf que je lis, je ne parle pas de moi, je raconte une histoire, je taille ma route à coups d'accents, d'inflexions, de vitesses, de ralentissements, de changements, d'arrêt. *Par le bruit de la pluie m'était rendue l'odeur des lilas de Combray, par l'assourdissement des bruits dans la chaleur de la matinée, la fraîcheur des cerises.*

Mais de ma voix lisant les mots d'un autre, lisant à voix haute, je me livre à des confessions dissimulées, que nul, pas même moi, n'entend.

D'autres voix se font entendre, dans la mienne.

Voix d'André Dussollier

Je l'écoute avec une attention scrupuleuse, depuis que François Florent me recommande, au sortir d'une audition pour le spectacle de fin d'année, de ne pas « devenir un André Dussollier pète-sec ». Longues, interminables rêveries sur le contenu de cette phrase. Être pète-sec. J'en trouve l'origine dans certains travers de mes voix familiales. Accents, oui, *pète-sec* de ma mère. De ma grand-mère. Il faut y songer, déjouer le staccato qui à la fois presse et cisaille notre élocution dès que nous nous échauffons. Élargir certaines voyelles.

Il me faudrait entreprendre des exercices de suavité, de douceur, de souplesse vocale. Parler grave.

Commençant une réplique, je m'efforce d'en ralentir le débit, de m'installer dans le médium, de soigner les finales, en les laissant ployer et retomber comme les franges d'une cape.

*

Voix de Jean-Luc Boutté

Au milieu d'acteurs dont la gorge est encombrée d'excessive et confuse profération, il parle. Je suis tout en haut de la salle Richelieu. J'entends moins les inflexions brutales et tonitruantes des autres — cognant contre le plafond, secouant le lustre — que la paisible phrase de Jean-Luc Boutté, *Vaincu, chargé de fers, de regrets consumé* la simple mélancolie de son beau timbre, *Brûlé de plus de feux que je n'en allumai* qui dans l'air, à mi-hauteur, *Tant de soins* pose les alexandrins parfaits, *tant de pleurs* transparents, idéaux, *tant d'ardeurs inquiètes* où ma mémoire n'a qu'à les prendre de la main, pour toujours *Hélas! fus-je jamais si cruel que vous l'êtes.*

Présentant le concours de la classe libre du cours Florent, sur la fiche de renseignements qu'il faut joindre à la candidature, à la mention « Acteur préféré », j'écris sans la moindre hésitation le nom de Jean-Luc Boutté. Je l'ai vu la veille dans le rôle de Pyrrhus. Deux jours auparavant, je n'en avais jamais entendu parler.

Son visage me reste vague. Sa voix, je l'ai souveraine au cœur, je la veux, je la garde, je tâche de l'extraire de la mienne, je n'y arrive pas, je recommence.

Je peux témoigner de l'étrange texture de son *Je te l'avais bien dit tu es cruel* qui clôt la représentation du *Bal masqué* de Lermontov : assis dans son fauteuil roulant, au milieu du plateau, tandis que Valérie Dreville agonise à ses pieds du poison qu'il lui a administré, Boutté meurt en répétant indéfiniment cette petite phrase jusqu'au baisser du rideau, dans l'extinction progressive des feux. Tête renversée, allant s'affaiblissant, il reprend la même et inexorable musique. Voix claire et pourtant morte, égrenant librement les quelques vocables légers, évidés, définitifs, *Je te l'avais bien dit tu es cruel*, répétés encore et à jamais. C'est pendant qu'on quitte la salle, dans notre tête, qu'ils achèvent leur litanie. Je garde la petite phrase, je la répète, la ressasse, la redis à qui veut l'entendre — mots, intonation, rythme — comme on ramasse un minuscule caillou du lieu enchanteur que l'on vient de visiter, un morceau du décor qu'on dérobe à la sauvette.

Aux studios d'Épinay — nous tournons dans le même film —, je patiente sur une chaise à côté de lui. Il est en costume de patriarche orthodoxe. Une coiffe noire lui enceint le visage. Immobile, décharné, l'œil au sol, il ne dit pas un mot. Je ne m'y aventure pas. Longues minutes silencieuses à quelques mètres de l'affairement bruyant des techniciens. Je ne parviens pas à lire mon livre parce que, rien à faire, je cherche à dire quelque chose de mon admiration, de ma vénération, *Andromaque*, *Le Bal masqué*, *La Locandiera*, mais non, ça me reste dans la gorge, et lui ne bouge pas d'un pouce. J'ai idée de lui glisser, comme ça, sans commentaire, sans même l'apostropher, comme si je me le disais à moi-même, *Je te l'avais bien dit tu es cruel, je te l'avais bien dit tu es cruel*, en restituant parfaitement l'inflexion légère, enfantine, et mortelle, qui me reste toujours aussi présente. Mais non, rien. On s'en tient là.

Jean-Luc Boutté meurt quelques années à peine avant que j'entre à la Comédie-Française. Travaillerais-je avec lui s'il était vivant ?

*

Voix de Jean-Pierre Vincent

Le métal de sa voix, travaillant une scène — c'est au Conservatoire en 1988 —, vient à bout des moindres recoins inexplorés du texte, impitoyablement. « C'est l'histoire… » Il reprend la pièce entière, commente, argumente, alimente, sédimente, décèle l'impensé, chasse le préjugé, lutte contre le jeu *en général*, ce qui lui apparaît comme le comble de la convention bêtifiante: jouer en dehors de l'histoire, de la grande et de la petite histoire, dans une immobilité, une éternité sentimentales où seraient une fois pour toutes fixés les expressions, les émotions, les effets. Bercés dans et par cette illusion, nous nous croyons, nous sentons vraiment nous-mêmes, purs et sincères, délicieusement naïfs, fidèles à notre nostalgie d'enfance, nous nous laissons aller, rêvons, faisons semblant, ne voyons pas que nous sommes artificiels, vides, morts.

Construire la scène seconde après seconde. Il faut savoir ce qu'on fait. Reprendre toute l'histoire. Lire. Aller voir. Connaître. Recommencer. Distinguer. Penser.

Extérieurement, je rechigne au labeur. J'arrive tard, ébouriffé, propret, canaille mais bon genre, vêtu de mon petit Perfecto, ou de mon teddy Chevignon, iconoclaste parmi les Versaillais (laissés derrière moi), pur Versaillais au milieu des iconoclastes que sont à mes yeux les camarades de promotion. Je m'installe un peu n'importe où, prends les scènes en cours, lis les dernières pages de *Libération* (les articles théâtre et cinéma), m'intéresse à tout, pense quelque chose de tout, m'informe, oublie, déforme, invente, ris volontiers, décroche brutalement, m'ennuie à mourir, m'éloigne, chavire dans l'hébétude, l'heure passe, crise d'ophtalmie, crise d'hypoglycémie, je sors, en nage, descends au distributeur à café, rencontre Untel, on bavarde, on rit, on fait des imitations, je remonte,

sur la scène ils suent de travail, reprennent encore, j'écoute, c'est très beau, j'applaudis, j'aimerais faire pareil, ça me donne des idées, ça me fait penser à quelque chose, j'interviens, ce n'est pas cela, pas du tout, ça fait rire, d'autres montent sur le petit plateau, j'ai peur, bientôt mon tour, je ne veux plus y aller, ressors, vais aux toilettes, lis deux pages d'un livre sorti de ma poche — *Notes sur le cinématographe* de Robert Bresson —, retourne dans la salle, chaleur brutale de la répétition à son point d'effervescence, fumée des cigarettes, à nous, à moi.

Intérieurement, la voix de Jean-Pierre Vincent vient me fouailler, tord mon indolence intellectuelle, me met au supplice. Je m'enjoins comme Pozzo à Lucky : *Pense, porc !*

Intérieurement, la voix de Jean-Pierre Vincent délimite un chantier gigantesque, où rien n'est encore édifié. Vaste terrain vague, en plein soleil, poussière blanche dans les yeux, au milieu duquel je suis seul, le doigt sous la lèvre inférieure, considérant l'espace hostile où commencer, creuser, construire.

Intérieurement, je sais que je ne fais rien mais qu'il faudra bien que je m'y mette. Mes enthousiasmes sont pour l'instant trop brefs. Mes craintes sont légion. Mes aspirations nobles, infinies, distraites et contradictoires.

Je travaille mes scènes. Nous répétons. Sommes parfois si décevants. Je me décourage. Bâille.

Ta voix vient me reprendre. Je ne suis pas fiable, me dis-tu un jour. Un matin, je joue bien, l'après-midi même tout est à terre, manqué, exsangue, plat. Voix blanche.

Hypoglycémie, te dis-je.

Intérieurement, je suis là, Jean-Pierre. C'est là qu'il faut que tu viennes me chercher. J'attends à l'intérieur. Je suis enfermé. À l'intérieur. Dans ma voix blanche.

Je mets beaucoup de temps à comprendre qu'à l'intérieur, il n'y a rien ni personne. Qu'il n'y a pas d'intérieur. Qu'au théâtre tout doit être là, transmué, dehors, vibrant, agissant et sonore.

*

Voix d'Antoine Vitez

L'École, c'est le plus beau théâtre du monde. La confiance péremptoire dont, en une simple phrase, Antoine Vitez fait preuve envers un art dont il ignore délibérément et généreusement l'exploitation utilitaire, mercantile et médiatique, m'enchante. N'énonce-t-il pas fièrement que le théâtre, à portée de tous, de tous ceux qui partagent cette foi, n'a pas besoin des rouges et des ors, se passe de costume, d'argent, de presse, qu'il n'a besoin que de l'attention des autres — *le cercle de l'attention* — pour commencer ? Un homme trace à la craie, à même un sol quelconque, un espace délimité, choisi, et déclare : « Ici nous allons faire du théâtre. »

Pédagogue intérimaire au cours Florent en 1993, je m'identifie sans vergogne au Vitez des années d'Ivry. La faute en est d'une part à la bible que constituent ses écrits rassemblés (*Écrits sur le théâtre, 1 : L'École ; 2, 3, 4 : La Scène ; 5 : Le Monde*), d'autre part aux cassettes vidéo de ses cours au Conservatoire. Je vole tout : idées, images, mots, blagues, attitudes, style, rhétorique, accents, intonations, timbre. J'expérimente les mêmes exercices, j'avance les mêmes théories. J'imite Vitez, afin d'être Vitez. Je ne cache pas mes sources, mais les élèves me prêtent naturellement personnalité et méthode. Ils n'imaginent pas que l'emprunt soit total. Dans mon élan, je perds la conscience de ma ruse, improvise dans le personnage, me sens tout à fait à ma place dans la voix de Vitez. Je propose avec une pompe sincère *un atelier dont la fin est le plaisir du théâtre lui-même.* Devant les jeunes gens, que de tels propos pourraient rendre sceptiques, je déclare, déclame, publie avec une énergie qui ne va pas sans m'émouvoir moi-même, tant le masque de Vitez me donne l'illusion d'être un vrai professeur, ferme dans ses principes et sa pédagogie : *L'École est inutile, elle ne promet aucun débouché, elle n'est ni une pépinière ni un vivier. Son objet est l'exercice.* Absolument sincère dans ma copie conforme, je poursuis : « À l'École, ici comme ailleurs, il est possible, nécessaire, indispensable de connaître une véritable expérience théâtrale, qui engage et reflète notre monde, alors même que nos moyens sont faibles, que nul n'attend rien de nous, que nous n'existons pour personne ! Et ce que vous ne saurez pas jouer, vous le raconterez, humblement, lucidement, c'est le sens même du théâtre épique, vous vous ferez rhapsode là où d'autres se perdent dans la grimace et la contrefaçon ! » — cette exemplaire trouvaille permet d'avance d'intégrer tous les élèves, jusqu'aux plus démunis, dans le même projet fédérateur. « Nous sommes libres, voilà tout ! Sitôt que le cercle de l'attention est tracé, le monde, qui n'en sait rien, n'existe qu'autant que nous voulons bien le représenter. » Comme j'aime l'expression « cercle de l'attention » ! J'en use à longueur de cours.

Je rencontre Antoine Vitez une fois. Bien avant, en 1988.

Une fois, je le salue.

C'est la fin d'une représentation que ma promotion du Conservatoire donne à la chartreuse de Villeneuve-lès-Avignon. Le faisant pénétrer dans la grande loge commune où nous nous rhabillons, Jean-Pierre Vincent, tout sourire, nous le présente, avec une solennité qu'ampoule volontairement une amicale ironie : « Mesdemoiselles, messieurs, Antoine Vitez ! »

Il porte une chemise Lacoste rose, un pull vert gazon noué autour du cou, un pantalon d'été beige sans doute en lin, des docksides. Cette tenue élégante, voire BCBG, nous surprend (un grand homme n'apparaît jamais exactement comme on l'attend) et augmente notre timidité. Nouvel administrateur de la Comédie-Française, il sent que nous le voyons à travers le prisme de sa haute fonction. Le voilà susceptible de faire basculer le destin de celui-ci, de celle-là, s'il décidait de l'engager dans la prestigieuse troupe. Il mesure ses paroles. Elles demeurent générales autant que louangeuses. Sans s'attarder sur l'un plutôt que sur l'autre, il serre nos mains poliment, réserve préférences et réticences, dont rien ne transpire. Je ne me souviens pas de l'attention qu'il m'octroie, c'est la même dont il gratifie chacun d'entre nous, avec un appréciable souci d'équité. Je me rappelle en revanche le pli de la bouche, l'inclinaison de la tête, le regard peut-être un rien distant malgré le sourire, et le sentiment de quelque chose d'inoubliable — éblouissant la mémoire — quand presque rien, somme toute, ne se passe, sinon la visite d'Antoine Vitez.

Plus que sa gloire, plus que son talent, plus que son titre — Jean-Pierre Vincent l'a précédé dans ce poste —, me met mal à l'aise, me fait même souffrir, dans le romantique désenchantement où je suis alors plongé, l'admiration éperdue, accompagnée et renforcée du sentiment d'être éloigné pour jamais de cet homme. Plus j'admire, plus je m'imagine incompris, inutile, rejeté. Je cultive en réalité le sournois désir qu'il remarque ma détresse, c'est elle qui doit me distinguer là où mon insignifiance d'acteur échoue. Je réserve ces complaisances à tous ceux dont je guigne la considération.

Voix basse dans la nuit, qui parle sous la voix claire. L'écriture. Comme une voix d'homme sombre, sous une voix de femme, dans la nuit […] ainsi l'écriture, conti-

nue, compagne de la vie, plus profonde, sombre, comme la voix de l'homme dans la nuit...

Escamotée et sublimée, je lis dans ses *Poèmes* l'histoire discrète d'un acteur déçu et consolé, dont l'ancienne déception n'est peut-être jamais tout à fait effacée par la prestigieuse réussite du metteur en scène.

On reproche au jeune Antoine Vitez sa raideur, son manque de naturel, sa voix trop haute et maniérée. Souvent congédié après d'infructueuses auditions, rarement retenu, vivant mal, il se contente de petits rôles, de spectacles médiocres, dont il n'ignore pas l'éprouvante médiocrité.

Vilar l'auditionne. Hésite. Après lui avoir donné quelque espoir, il ne le retient pas dans la troupe du TNP. Vitez a du chagrin.

Tu rêves d'être l'acteur qu'est Vilar : je le lis dans tes fréquentes et admiratives allusions à son jeu. Le théâtre dont tu rêves te ferme ses portes. Tu te fais à l'idée de ne pas être un comédien remarqué par ceux que tu juges remarquables. Le monde du théâtre est pour toi aussi hermétiquement fermé qu'un œuf, à l'extérieur duquel tu gravites en vain. Temps d'infortune et de désillusion. Tu trouves refuge et consolation dans la traduction, la politique, la compagnie des intellectuels, d'Aragon, d'amis aussi fidèles et généreux que Pierre Vial. Mais n'est-ce pas jouer que tu veux avant tout, plus que tout ?

On t'enfonce dans le crâne que tu *n'es pas* Alceste, qu'Antiochus *ne peut pas* marcher ou parler comme tu parles et marches, qu'il est *invraisemblable* que tu joues le Cid ou Hamlet (tu fais en revanche un tabac, au cours, dans Figaro).

Viennent les premières mises en scène, à Caen, puis à Marseille. Tu sors du marasme, tu gagnes la reconnaissance, la coquille de l'œuf explose.

Alors tu ouvres aux comédiens et apprentis comédiens un plateau où tous les Alceste, tous les Antiochus, tous les Cid et Hamlet sont possibles. Pas d'archétype trônant dans le ciel du théâtre ! Nul ne décide a priori de l'emploi des uns ou des autres !

Ce n'est pas une énergie revancharde, amère ni douloureuse qui te mène. C'est plutôt le magnifique exemple d'une conversion intellectuelle, qui fait d'un désenchantement le principe d'une réforme, de la difficulté d'exercer son métier, l'invention d'une autre pédagogie de l'acteur.

Je fais descendre de mes étagères, serrés et tutélaires au-dessus de mon bureau, plusieurs volumes de ses œuvres. Un feuillet plié tombe d'entre les pages. Je l'avais complètement oublié. C'est une lettre de Vitez photocopiée, adressée aux acteurs de la *Sophonisbe* de Corneille — j'en suis, c'est mon premier spectacle professionnel — que Brigitte Jaques monte en 1988, salle Gémier, à Chaillot.

À toute l'équipe de Sophonisbe*, ce dimanche 16 octobre 1988*

J'avais dit à Brigitte : « C'est un défi, il faut me faire aimer Corneille. » Et voilà, depuis cette Sophonisbe, *que j'ai vue avec vous, je progresse. J'y viens. C'est un spectacle très beau et très rare. On n'ose plus faire ça. Par exemple : représenter les soldats romains (l'un d'eux : moi, casqué, cuirassé), représenter les sentiments contrariés, braver le ridicule des conventions au théâtre, la rigidité des genres. Vraiment, j'étais heureux de vous voir et de vous entendre, là, à Chaillot. À vous tous, bien amicalement, Antoine Vitez.*

Voix de Michel Bouquet

Plein après-midi, devant le théâtre Montansier, à Versailles. Il se tient debout devant l'entrée des artistes, en imperméable, s'épongeant le front, l'œil dans le vague. C'est lui. Je marche, ralentis mon pas, m'arrête, à quelques mètres. Je me demande ce qu'il fait là, hébété, dans l'après-midi, dehors, pourquoi a-t-il si chaud ? Il ne me regarde pas, ne me prête aucune attention. Je le verrai le soir même dans *Le Neveu de Rameau.* Je ne veux pas me faire remarquer, encore moins le déranger, il ne serait pas content, je l'imagine sévère, pas commode, il me gronderait. Je prends un peu de large, m'avance dans la rue des Réservoirs, me retourne : il se dirige vers la rue de la Paroisse. Va-t-il entrer dans la pharmacie de mon père ? Les acteurs y vont quelquefois, ils achètent un dentifrice, de l'aspirine. Papa me racontera la scène, si cela arrive. Cela n'arrive pas. « Tu n'as pas vu Michel Bouquet à la pharmacie ? — Non, tu l'as vu, toi ? — Oui, dans la rue. — Et alors ? — Alors, rien, je l'ai vu, c'est tout. »

Je le regarde, de tout en haut du théâtre. Le considère, l'examine, le dévore, l'enfonce dans ma mémoire. Ses cheveux blancs. Son œil de requin. Sa silhouette. Sa voix-cerveau.

Il ne sait rien, ne veut rien savoir de nos vies privées, dont il ne se mêle jamais. Aucune allusion à la sienne. L'existence particulière et quotidienne ne le concerne pas. La vraie vie est au théâtre. Le théâtre, les pièces, les auteurs que nous devons travailler au Conservatoire, c'est cela, la vie.

« Molière, ça, oui, oh, c'est difficile, c'est très difficile, on souffre comme un chien à travailler ça, oh là, là… » Voix de paysan matois qui parle d'une terre trop dure, où l'échine se brise à force de labeur ingrat. Il soupire. « Molière… », dit-il seulement, parfois, comme ça, sans rien ajouter, avec une nuance de découragement, et puis il se reprend : « Molière… » Réveil. Il dit : « Molière » d'une voix caressante. Perce l'intonation enfantine et joyeuse qui remet la machine en branle. Molière redevient possible, mais il va falloir trimer.

Un matin, dans le petit studio du quatrième étage, au milieu de nous, désireux de nous faire comprendre la démesure racinienne, dont une élève débite bien trop sagement les vers, il nous jette, éperdu, hors d'haleine, tellurique, une entière et fulgurante tirade de Roxane dans *Bajazet*. Explose, sous nos yeux, une femme tout à fait folle et meurtrière.

Il a vu, dans son enfance, l'interprétation de ma-

dame Segond-Weber, la grande tragédienne, dont il aime rappeler que les répliques tombaient de sa bouche « comme des fûts de colonne ».

Humble, mortifié, désarmé devant le génie des Auteurs, qu'il place bien plus haut que les acteurs, ou que les metteurs en scène, engeance suspecte, il écoute les grandes scènes classiques la tête penchée sur le côté, un doigt sous le menton, comme s'il considérait un cas très épineux, requérant toute son attention, défiant et vampirisant son savoir et son expérience.

Du fond de la gorge, lui vient parfois, éclatant, libéré, farceur, un rire qui nous surprend toujours, n'arrivant jamais quand nous croyons être drôles.

Je travaille Don Bazile, le monologue de la calomnie dans *Le Barbier de Séville* de Beaumarchais. « Il faudrait imaginer qu'il ait un peu mauvaise haleine. Il y avait un acteur, comme ça, Christian Lude, ah, vous n'avez pas connu, c'était un merveilleux acteur, et il avait une haleine pestilentielle, il marchait comme ça... » Et Don Bazile m'apparaît.

Il se tient tout près de moi. À quelques centimètres. « Tout ce que tu as là — il tapote mon front de son doigt —, il faut maintenant que ça descende dans la chair » : il y a, dans sa voix, dans son œil de bête fauve, beaucoup d'affection et de douceur concentrées.

Je mets des années à incorporer ce viatique.

Découpées par cette bouche sans lèvres qui dégraisse les mots et leur confère une acuité, une acidité inexorables et mémorables, il a de ces phrases qui ouvrent des brèches, révèlent des continents, modifient notre géologie mentale, décident de nos vies d'acteur, dans cette voix de chair tendue, de métal et d'électricité, dont il peut déchaîner l'orage d'une seconde à l'autre.

« Il me chie dans les bottes ! Il me chie dans les bottes ! — (un temps) — Il me chie dans les bottes ! Il me chie dans les bottes ! » Arpentant la salle, il répète indéfiniment la même phrase. Son bras droit plié au coude, sa main monte et descend, mécanique. Rouge, furieux, gorge tremblante, front suant, il va et vient, tonitruant. Sa fureur lacère, déchire l'air de toute sa puissance de forge. Il ne se lasse pas de répéter encore et encore « Il me chie dans les bottes ! », avec une richesse d'intonation qui serait comique, si nous avions le cœur à rire pendant ces vingt minutes de long et terrifiant dépit. Sa voix invente un opéra féroce, où se succèdent récitatifs et arias déchaînés, concentrés en un même faisceau d'intention : sujet de sa prodigieuse colère, assis, tête basse, Vincent Schmitt s'obstine, envers et contre cette voix d'Ancien Testament, à refuser de reprendre, aux Journées de juin, une scène de Marivaux que Bouquet estime faite pour lui.

*

Voix d'Éric Elmosnino

La voix est la même en scène et dans la vie. Le timbre ne subit pas la modification, presque toujours inéluctable, que le passage de la vie à la scène suscite dans la voix des acteurs, altérant, diminuant, gauchissant ce que la personne a de plus rare, de plus retiré, le grain, l'inflexion secrète. La découpe légère, fluide, allègre, du texte, des syllabes, l'intelligence immédiate du phrasé, l'articulation impeccable et sans effort, la clarté et la vivacité du sens créent l'illusion naturelle du parfait naturel. D'un naturel qui subjugue même les contempteurs du naturel. D'un naturel insituable, insaisissable, pas du tout naturel. Bref, la vie.

Mais ce qui, dès les années de formation, me stupéfie, c'est la science de la peur. La peur, au théâtre, est rare. Nous n'avons pas peur au théâtre. Un coup de feu est un pétard qui nous fait sursauter. Un cri nous incommode. Une menace, tout au plus, nous intrigue. Comment naît l'inquiétude, au théâtre ?

Éric Elmosnino inquiète.

Il est violence imminente.

L'âge, qui le marque à peine, renforce, non, disons densifie, non, ce n'est pas cela, affirme, non plus, cuivre — ce n'est pas tout à fait cela, encore — sa voix, sans l'aggraver, lui gardant sa fraîcheur immature de jeune premier comique. Fraîcheur imprévisible, mue soudain en fièvre venimeuse.

Le temps, le travail du temps sur son être a taillé dans le corps du jeune gandin, dans la voix du jeune insolent, un autre corps, une autre voix, capables de la plus rare férocité, sans que cette voix ni ce corps ne perdent rien de leur désinvolture première.

Dans *Saleté*, seul en scène, il parle au public. Raconte avec insouciance une existence triste à mourir. L'humour est un nimbe permanent qui enveloppe toutes ses phrases. Il provoque comme personne cet effet : la confusion de sa personne et de son personnage. Nous avons affaire à cet individu réel qui nous parle d'une vie noire et misérable, nous sommes à deux doigts d'attribuer ce récit à Éric Elmosnino lui-même, dont nous charment la voix, la présence, le mouvement, la malice.

Et voilà que cet être tout à fait délicieux nous inspire peu à peu de l'inquiétude, de l'angoisse, de la terreur. La voix monte. Ne crie jamais. Les accents

se font coupants. Inflexion-lame. *Schlak!* Toute la scène a changé. Les mots filent hors de sa bouche avec une netteté de plus en plus farouche, précise, capitale. Il ne crie pas, jamais, pas un seul instant. Colère dans la gorge. Fureur concentrée dans le fond du larynx, dans l'injection rouge de l'œil. Cet homme fait peur.

La violence est imminente. La voix, malgré l'afflux des vipères qui la tordent, demeure en réserve, à la fois calme, glaciale, et tendue par la haine, la douleur, un chagrin suicidaire, plus que par aucun effort d'expressivité dont un autre acteur ferait preuve, pour nous jouer la démence meurtrière. Nulle vocifération, l'échauffement de la voix reste léger, les muscles se contractent à peine. Nous sommes sûrs qu'il va briser quelque chose, se briser lui-même, en finir. Éric Elmosnino donne l'impression de n'avoir jamais joué comme cela, qu'il ne jouera plus jamais comme cela. Sa folie l'emporte. Il éclate. Il n'éclate pas. Redescend. Il n'y a pas eu violence? Il y a eu la plus extrême violence. Violence d'autant plus violente qu'elle est demeurée imminente, qu'elle rôde encore, se replie, sans abdiquer, dans la voix du comédien. Nous restons sidérés. Ne sommes plus sûrs de rien. Tout peut basculer à nouveau.

Dans ta voix, rien n'est figé, volontaire, identifié une fois pour toutes. Rien d'intimidant au départ, de bizarre, de joué d'avance. L'intention, le sentiment, la couleur ne contraignent ni ne domestiquent l'extrême mobilité de l'interprétation. Tu fais advenir les choses au lieu de les désigner, de les placer, dans le jeu, dans la voix. Rien qui ne soit en mouvement, en progression, en posture de s'inverser radicalement, de se retourner en son envers, comique ou tragique. Est-ce parce que tu empruntes aux personnes les plus dangereuses cette qualité funeste : en répandant l'effroi, savoir garder son calme, jusqu'à préserver, bien au fond de soi-même, l'innocence, la gaieté d'autrefois ?

Sans doute, depuis le Conservatoire, je te tiens — la plupart d'entre nous te tiennent alors — pour un modèle. En 1985, me frappe cette évidence, te regardant jouer : tu as ce que je n'ai pas, dont je manque, qu'il me faut avoir. Comment faire ?

Je t'imite. Malgré mon don certain, je n'y parviens pas avec toi. L'aisance, la facilité, le naturel élégant, l'humour aussi clair et vif sur la scène et dans la vie, dont tu fais preuve sans trop t'en apercevoir, comment les gagnerai-je par l'imitation ?

Je t'observe. Par imprégnation, identification, dédoublement inconscient, j'imagine pouvoir te fondre, te résoudre, en partie, en moi. Pendant une longue scène de vingt minutes, je joue en pensant à chaque seconde que je suis toi. L'écart de nature qui nous sépare m'apparaît alors dans sa plus cruelle évidence. Il me suffit de te voir quelques heures plus tard, toi dans une autre scène, pour entendre un nouvel accent, que je ne te connais pas, une nouvelle rupture, dont je ne veux pas croire que je puisse à ce point en être à la fois démuni et ensorcelé. Tu en ris. « Je suis le roi de la rupture shakespearienne », dis-tu, un jour, en réponse légère au compliment qui t'embarrasse. L'art de quitter un ton, de changer le rythme, de suspendre la représentation à ton bon vouloir, est chez toi déconcertant. Nous te reconnaissons tous cette supériorité technique, ce talent pur. Cassant, net, immédiat, tu arrêtes le jeu. On croit à la panne. Tu repars, avec une voix nouvelle, si bien que tu es le plus imprévisible, le plus vivant, le plus « vrai » d'entre nous.

Peut-être un peu plus que d'autres, parce que je ne cesse pas de m'inventer des compétitions, des duels, versé depuis toujours dans l'obsession, probablement, d'égaler mon frère Bruno, parce que me taraude une excessive envie de réussir, de percer, de l'emporter sur les autres, j'en conçois une jalousie sombre et sournoise. Tout ce que je veux être, tu l'es déjà. Tu incarnes parfaitement mon désir de jouer. Si proche que je me sente de toi, j'éprouve continûment la distance qui nous sépare, qui s'accroît, pour la simple raison, je me la formule un jour avec un mélange de soulagement et d'amertume, que je ne suis pas toi. Comment n'y ai-je pas pensé plus tôt ?

Le temps travaille nos voix, nous distingue, nous fait autres.

Aujourd'hui je viens te voir au théâtre. Où en suis-je de cette rivalité ancienne, initiatrice ? Je ne passe plus mon temps à me voir à ta place, ni t'imaginer à la mienne, quand c'est moi qui occupe la scène. Nous jouons même ensemble dans *Liberté-Oléron*. J'y suis un père de famille que consternent ton indolence et ton manque d'égards. Intérieurement, j'exulte de bonheur, je partage avec toi un secret de comédie, j'aime jouer, je veux jouer, jouer encore avec toi.

Tu es Peer Gynt. Tu es Borkine. Tu es Garrincha. Tu es Valerio. Tu es Platonov. Tu es Sganarelle. Le tranchant de ta voix découpe quantité de créations maîtresses.

Dans ma voix, je t'entends aussi, je t'entends encore, mais c'est un ami qui me parle, autre, distinct, bienveillant, avec lequel je m'entretiens, avec lequel je joue, constamment.

*

Voix de Michel Vuillermoz

Un grand barbu considère le tableau de service du Conservatoire. J'y suis élève depuis un an. Il vient d'entrer. Son œil se promène sur les noms affichés, les horaires, les cases blanches, les cases hachurées. Je surprends dans cet œil une parfaite insolence, résolue, tranquille. Celui-là ne se laissera pas dominer. N'a pas l'air d'un acteur. N'a pas l'air d'un élève. N'a pas l'air d'en être, d'aucun bord, d'aucune obédience. Vêtu sans goût prononcé, ni ostentation ni austérité particulières. Un grand garçon banal et mystérieux, dont la voix, sitôt que je l'entends, me fait rire, d'un rire immédiat, rendu, conquis. Non que cette voix soit comique en son timbre. Elle est grave, posée, subtile. Mais sa puissance ironique, sa fantaisie bouffonne, que voilent minutieusement les apparences normales, civiles, sérieuses, la charge, la concentre d'une acidité dévastatrice, d'une vitesse de propagation, comme indépendantes de la personne, laquelle vous regarde — je me suis tourné vers lui, l'auteur de la boutade — innocemment, détachée du rire qu'elle provoque, de la séduction qu'elle exerce, du climat d'impertinence et d'absurde loufoquerie qu'elle vient d'instiller.

Et moi, sage, réservé, certes mutin mais souvent emprunté, doux, complaisant, diplomate et toujours modéré dans mes avis et mes positions, mais gai, avide de gaieté, de malice, de dévergondage, fidèle à la voix Ruat qui fait encore le fond de ma voix, je m'enchante de ce qui, en Michel Vuillermoz, diffère de moi, s'oppose à moi, me contredit et me fortifie.

Je n'entre donc pas en rivalité. Je sais que je ne puis, ne dois rien entreprendre qui me mette en concurrence avec ce magistral alter ego, que je choisis, que je m'invente, que je présente à mon frère Bruno, à la recherche de comédiens pour son moyen-métrage. Il succombe de la même façon que moi, adore aussitôt, se reconnaît même dans ce mélange de violence et d'humour, de distance élégante et de démesure, cette cruauté comique, cette verve dangereuse, si bien que dès le premier film Michel est mon frère aîné, envers de moi, partenaire définitif, auquel je sais que ma vie d'acteur sera toujours attachée.

Dans *Dieu seul me voit*, nous sommes en voiture. Je ne parviens pas à me garer, me laisse dépasser, klaxonner, insulter. Tu es mon frère, t'impatientes, t'agaces, attrapes au collet un automobiliste agressif auquel je ne sais que répondre — on comprend par là que, malgré ton éternelle ironie à mon égard, tu me défendras toujours — et me dis en sortant : « Remarque, il a pas tort, tu conduis vraiment comme une vieille ! »

Nous improvisons désespérément dans la touffeur de juillet, à Sarlat. Le spectacle est encore bien loin, improbable. Laborieux, erratiques, parfois inspirés, nous hasardons les pistes, les canevas. Tu es André, le souffleur d'un petit théâtre de province. Je suis Jean-Pascal Faix, comédien professionnel et hâbleur. André assomme Jean-Pascal par mégarde. Tente de le faire revenir à lui. À son réveil, Jean-Pascal est amnésique, entièrement effacé, jusqu'à la voix. André lui rappelle quel il est, l'imite, formule ses sentences, peu à peu joue, devient Jean-Pascal. Mais Jean-Pascal, peu à peu, imite, joue, devient André. L'improvisation nous conduit au petit bonheur. Nous échangeons nos voix. Tu prends mon timbre de cabot avantageux, grave et gonflé de tout ce que nous détestons au théâtre, je m'empare de ta voix naïve et chuintante d'homme simple et prognathe, avançant ma mâchoire, montant d'un ton, entrant avec une joie enfantine dans le personnage que tu habites avec une si vivante précision qu'il m'est aussi cher et familier que celui que je viens de quitter, dont je constate que tu t'y installes avec pas moins de plaisir, d'aisance, de confort. De l'intérieur de toi, je te contemple à l'intérieur de moi. Difficile à mener jusqu'à un terme satisfaisant, cette scène, que nous abandonnons peu après, reste dans nos seules mémoires.

Tu es mon père dans *Le Menteur* de Corneille. Ta voix formidable me voue aux gémonies, me circonvient de son ressentiment tellurique, emplissant et fracassant jusqu'aux galeries de la salle Richelieu. Muet au centre du plateau, contrit, tête baissée, je reçois l'anathème, ne t'oppose rien, pas même une ombre d'insolence. Enfermé dans ce silence que tu fustiges, je me laisse recouvrir, dépasser, écraser par la puissance de ton Géronte, et m'enivre de ce bonheur de jeu, sachant bien qu'une scène plus tard, profitant de la retombée de ta voix dont le public garde l'écho souverain, le Dorante que je suis, par contraste, et contre toute attente, d'un accent orgueilleux quoique morigéné, retourne la situation en sa faveur, comme Dom Juan à la sortie de Dom Louis.

Nous répétons *Cyrano de Bergerac* à la salle Récamier. Seuls dans le soir attardés, nous ne venons pas à bout de la tirade, la trop fameuse, la redoutable, des nez. Tu la reprends cinq à dix fois. En tous sens. *Enfin, parodiant Pyrame en un sanglot…* Tu es brisé. La fatigue aussi t'oblige à chercher ailleurs. Tu romps l'extravagance comique, la verve acrimonieuse. Une plainte légère point dans le tissu serré de ta voix en travail. Nous vérifions que toujours Cyrano, au terme de ses virtuoses envolées, dans le silence qui renaît à l'extinction de sa rage volubile, retrouve sa mélancolie toute sèche, note musicale et discrète qu'il faut savoir rendre en une seconde, avant de reprendre le train d'enfer du rôle, de la pièce.

Me prenant parfaitement au dépourvu, mes propres larmes, embuant mes yeux d'une grosse lentille déformante, encombrant ma voix d'une émotion dont, par pudeur, me rebute l'aveu sentimental, mes larmes, dis-je, me retiennent un instant de te parler, « C'est ça, c'est tout à fait ça, on y est », et m'empêchent de voir que dans le feu de la tirade tu as depuis longtemps perdu ton nez.

*

Voix de Gérard Desarthe

Hamlet se joue dans la cour d'honneur du Palais des Papes, au Festival d'Avignon 1988. Nous assistons, élèves de Jean-Pierre Vincent qui préparons un spectacle à la chartreuse de Villeneuve, au dernier filage. L'acteur m'entre par la voix dans la mémoire primitive. Je ne peux être aujourd'hui dans la Cour sans réentendre le *Ô souillures, souillures de la chair*... de l'acte I. *Ô Dieu, ô Dieu, qu'épuisant et vicié, insipide, stérile, me semble le cours du monde.* Chaque adjectif, gorgé de la plus noire mélancolie — excès néanmoins sans boursouflure —, claque sec comme une voilure réduite dans le grand vent, et soumet la nuit à son souffle. Accent encore déchirant qui hante la Cour, parmi les martinets. Les mots sont d'infâmes caillots qui infectent sa bouche. Les crachant, Desarthe recule en même temps sur lui-même, secoue farouchement sa tête de gauche et de droite. Il sépare les paroles de l'orifice qui les prononce, comme s'il tranchait l'ombilic qui le relie à ces fétides émanations. Un homme que son propre verbe, sa propre pensée, écœure, fait vomir.

J'aurais voulu — pour pouvoir l'approfondir, pour tâcher d'y découvrir ce qu'elle [la voix] avait de beau, — arrêter (Proust).

Comme devant la voix de Vilar, je suis, devant la voix de Gérard Desarthe, au pied d'une architecture sensible dont je perçois la matérialité, l'organisation, la permanence, la beauté. Elle me donne autant à entendre qu'à penser, autant à penser qu'à éprouver, autant à éprouver qu'à voir. Mais l'action suit son cours, ne me laisse pas le temps d'*immobiliser longtemps devant moi chaque intonation de l'artiste.* Desarthe va vite, jamais ne s'attarde — tout est action dans sa voix ; ainsi *Être ou ne pas être* est dit très rapidement. Impossible d'isoler une sensation précise, un détail qui donne la clef du tout. Sans jamais m'y attendre (comme on peut attendre le contre-ut d'une diva), toujours au contraire pris au dépourvu, je reçois en plein cœur une inflexion qui me terrasse, me fait tourner la tête, soit que je veuille me défaire d'une emprise trop forte de mon émotion, laquelle est aussi une jalousie, car s'ajoute un sourd découragement — comédien à voix de tête, je n'arriverai jamais à pareil résultat —, soit que j'aie besoin de vérifier si mes camarades partagent la même ferveur, le même désarroi. Je reviens au spectacle de sa voix, qui me tourmente aussi violemment que j'en reçois la splendide révélation.

*

Voix de Simon Bakhouche

Trois années bienheureuses, et la voix-sourire de Simon Bakhouche peut en faire la narration. Grave sans afféterie ni solennité, modulant avec un tact, une légèreté que je ne connais qu'à lui. Franche mais voilée d'incertitude, d'imperceptible anxiété. Voix la plupart du temps délivrée dans le sourire, non pas la bonne humeur bonasse, mais une forme de politesse aristocratique, continue, inconsciente d'elle-même. « Aristocratique », Simon récuse le mot, en s'amusant probablement que j'en fasse usage à son égard, par excessive courtoisie, amitié forcée. Et pourtant, *Monsimon* — écrit en un seul mot, comme l'appelle Emmanuel Quatra, autre ami de ces années-là, montrant par là son affection immédiate, l'attachement naturel qui nous tient à Simon, au point d'en faire cet unique vocable —, *Monsimon* (j'aime en restituer les syllabes redondantes et rimées) mérite bien qu'on parle d'aristocratisme. Il préfère sans doute le mot « classe ». Voilà, cela vaut peut-être mieux : parlons de sa *classe*. Je ne dois pas le draper dans un style qui ne correspond pas à sa modestie, modestie qui compte pour beaucoup dans la *classe* naturelle que tous — je ne connais personne pour lui contester ces qualités — nous lui attribuons. Il n'y a qu'à l'entendre. Nulle inflexion n'altère jamais la constance de sa *classe* enjouée, légère, accueillante, oui : aristocratique.

Nous jouons *Bérénice*. Christian Rist, metteur en scène, est séduit par cette voix qui dit la tragédie sans pesanteur. La représentation a lieu à Belfort. Souvenir surgi de la voix et du rire de Simon, de ma voix que disloque mon rire de ce soir-là.

Il fait froid. Nous portons d'austères costumes (des tenues d'officiant), uniformes, amples, blancs pour les Romains, vert-de-gris pour les Orientaux. Les protagonistes s'enveloppent chacun d'un grand tissu, rouge pour Titus, bleu pour Bérénice, ocre pour Antiochus, qu'ils peuvent aussi négliger, laisser tomber, étendre à terre. Il y a deux acteurs simultanément en scène pour incarner chaque protagoniste, se partageant le texte, matérialisant la division, la contradiction, la schizophrénie des héros. Simon est un des deux Antiochus. Il fait si froid — et nous jouons pieds nus — que dans la coulisse Simon gar-

de jusqu'au moment d'entrer en scène ses charentaises de laine, bordées de fourrure, motif écossais, rondes et confortables. Pantoufles de papi.

Le spectacle recherche, expérimente une interprétation allégée, chorale, en mouvement, de la tragédie. Les voix des Rois et de la Reine entrent en sarabande, se relaient, se dédoublent, s'opposent, s'effacent l'une l'autre. Prises de parole, déplacements, rapports, intentions sont largement improvisés. Ils dépendent de la configuration du jour, du « coup de dés » qui, à chaque représentation, nous lance dans l'espace, vaste plateau convexe de terre rouge, où affleurent, moulées dans l'épaisse gélatine du sol, des briques romaines, descendant en escalier dans la salle, au pied duquel, nous, confidents, dos au public, attendons nos entrées, veillant toujours sur nos héros dédoublés. Munis d'étranges sifflets, de cailloux à entrechoquer, de drôles de petites cymbales, d'autres instruments divers et inattendus dont nous faisons usage assez librement, nous sommes chargés de produire sons, rythmes et mélodies, pour soutenir la représentation. Nous avons pour fonction d'exalter, d'apaiser, de renouveler l'énergie de nos camarades, quand le besoin s'en fait sentir, accompagnant une montée vocale, saluant l'entrée triomphale de l'Empereur, ramenant à la raison — tour sec de crécelle — l'un ou l'autre de nos maîtres, imitant le vacarme de la plèbe. Très médiocre musicien, je m'en tiens à quelques coups de cailloux, ou de cymbale (quand je suis particulièrement en verve), et me plais surtout à souffler dans une espèce de longue flûte molle et rose, qui délivre des sons bizarres mais discrets. La tâche est austère, continue, délicate. Il nous arrive de nous tromper sur l'état d'esprit de l'un des nôtres, ou sur la réaction du public. Je suis rabroué d'un geste sec par un partenaire qui, loin de se sentir épaulé par mon intervention musicale, se croit au contraire fustigé, perd soudain confiance, change de ton, s'échauffe ou se calme hors de propos, tarde à se reprendre. Je ne sais que faire. J'entrechoque divers cailloux, dans l'espoir de donner l'illusion d'une étrangeté assumée, d'une défaillance tragique de mon héros, d'une audacieuse bifurcation rythmique. Ou c'est un spectateur assis derrière moi, que martyrisent mes fausses notes, mes coups de cymbale à contretemps, ou ma flûte rose, dont il a par-dessus les oreilles. « Vous ne voudriez pas un peu cesser, monsieur ? » me dit cet homme excédé, au visage néanmoins si manifestement sympathique, en dépit d'une colère tout armée contre moi, mais vraisemblablement inhabituelle chez lui, que je ne peux manquer de lui donner raison.

Je reviens à ce soir de Belfort. Il fait donc froid. Le sol est glacé. Simon patiente en coulisse, les pieds dans ses charentaises. Il rêve. Commence l'acte III.

Les Titus sont bien là, tous deux (Bruno et Arnaud). Aucun Antiochus (ni Simon ni Philippe). Rien n'est possible sans eux, puisque Titus doit dire d'entrée : *Quoi Prince, vous partiez ! Quelle raison subite / Presse votre départ, ou plutôt votre fuite ?* Nous attendons. Silence. Regards en coulisse. Personne. Silence. Je souffle dans ma flûte rose. Gilles (confident des Empereurs) donne deux coups de cymbale. Personne. Silence. Cymbales. Cailloux. Flûte. Silence. Nos Titus s'agrippent comme deux lutteurs. Empoignade bienvenue, symbolisant une nouvelle fois — ils ont déjà joué de cette ficelle — la lutte intérieure du protagoniste clivé. Rafale de cailloux. Gilles et moi sonnons la charge. Donnons même de la voix, improvisons une mélodie vaguement arabe, chargée de remontrance.

Fébrile, en hâte, congestionné, navré, Simon soudain jaillit. Aussitôt se ressaisit, droit, royal, vibrant, et s'immobilise au milieu de la scène. Instantanément, à ras du plateau où je suis, j'aperçois ses deux charentaises, entrant dans la lumière, image subite et incongrue de familiarité bonhomme, au milieu de l'austérité cistercienne du décor et des costumes. *Quoi Prince, vous partiez!* adresse puissamment Bruno, pressé d'engager la scène *Quelle raison subite / Presse votre départ* à un Antiochus si bien enfoncé dans ses pantoufles *ou plutôt votre fuite?* que la question semble tout à fait saugrenue. *Vouliez-vous me cacher* Titus insiste *jusques à vos adieux? / Est-ce comme ennemi que vous quittez ces lieux?* Les sympathiques chaussons *Que diront avec moi la cour, Rome, l'Empire?* innocentent si bien le brave Antiochus *Et lorsque avec mon cœur ma main veut s'épancher* qu'on ne comprend rien à l'acharnement aveugle de l'Empereur. Ni l'un ni l'autre ne voient les charentaises *Vous fuyez mes bienfaits tout prêts à vous chercher!* Simon lui-même paraît ne se douter de rien. Ne sent-il pas ses pieds au chaud? *Hélas! D'un prince malheureux* il répond avec vigueur *que pouvez-vous, seigneur, attendre que des vœux?* Quelque chose l'intrigue de notre côté. Il éprouve notre hilarité plus qu'il ne la voit. Son regard croise le mien, qui descend sur ses charentaises. Alors *Je sais que Bérénice* il comprend *à vos soins redevable / Croit posséder en vous un ami véritable.* Sentant ses doigts de pied *Au nom d'une amitié si constante et si belle* captifs trépigner, dans le moelleux des pantoufles *employez le pouvoir que vous avez sur elle* son visage vire au rouge feu, *Voyez-la de ma part!* yeux dilatés à l'extrême. Il a le réflexe de faire tomber sa toge dont il se fait une robe longue *La Reine pour jamais a reçu mes adieux!* dit-il, marchant en crabe vers la coulisse. Un Titus se détourne, les épaules tressautantes. Tout le monde voit maintenant. Pliées en deux, les Bérénice *Ah! parlez-lui seigneur* refluent en coulisse *la Reine vous adore!* Seul Arnaud (Titus 1) garde sa superbe, Bruno, lui (Titus 2), s'est jeté au fond de la scène. *Pourquoi vous dérober vous-même en ce moment / Le plaisir de lui faire un aveu si charmant? Elle l'attend, seigneur, avec impatience. / Je réponds en partant de son obéissance* Je tente d'engloutir mon souffle hoquetant dans le petit conduit de ma flûte rose *Et même elle m'a dit que prêt à l'épouser* et voici qu'une charentaise gicle de derrière la toge pendant qu'il déclame *Vous ne la verrez plus que pour l'y disposer* en la faisant adroitement sauter du bout du pied, en direction de la coulisse, qu'elle n'atteint pas. — *Ah ! qu'un aveu si doux* Gloussements partout *aurait lieu de me plaire !* de la salle au plateau. *Que je serais heureux si j'avais à le faire !* Je n'y tiens plus *Mes transports aujourd'hui s'attendaient d'éclater* Je succombe en larmes, sur ma flûte, *Prince* mes cailloux, les cymbales *Cependant aujourd'hui il faut la quitter.* Gilles se pince le nez si fort qu'il explose à son tour dans une énorme éructation. Simon vacille en se défaisant de la seconde charentaise *La qui—itter !* il manque de tomber. *Vous, Seigneur !* Arrive alors des toilettes, nous avoue-t-il plus tard, — *Prince, il faut avec vous qu'elle parte demain !* le dédoublement servant aussi à des fins pratiques, le second Antiochus (Philippe). — *Qu'entends-je, ô ciel !* dit-il à la volée, avec virulence, comme pour reprendre d'un coup de reins énergique sa place dans le peloton. Il ne voit pas les savates, marche dessus, baisse les yeux, s'ébahit, tandis que Titus : *Plaignez ma grandeur importune* Philippe se retourne *Maître de l'univers* et de deux shoots habiles *je règle sa fortune ;* les balance enfin dans la coulisse ; *Je puis faire les Rois* ; il se retourne à nouveau *je puis les déposer* apparemment impassible *Cependant de mon cœur je ne puis disposer* force le respect par sa digne écoute. Arnaud ne baisse pas les yeux, *Rome, contre les rois de tout temps soulevée* parvient à se tenir, *dédaigne une beauté dans la pourpre élevée* mais soudain, tandis qu'on admire leur sang-froid, *Jules céda lui-même au torrent qui m'entraîne* Philippe cède lui aussi, entraîne le dernier Titus, tous deux pouffent, s'esclaffent *Et puisqu'il faut céder* Ils s'écroulent à leur tour, *cédons à notre gloire* morts de ce rire qui nous prend, nous reprend, nous poursuit jusqu'à la fin de la représentation, désarticulant nos corps et nos voix, puis encore après, dans les loges, pendant que l'on se rhabille, et encore, à nouveau, ressurgissant dans la gorge de l'un ou l'autre, au restaurant de Belfort, sur le chemin de l'hôtel, dans nos chambres que nous ne parvenons pas à rejoindre, et jusque dans la nuit.

Je ris encore, racontant pour la énième fois cette histoire, revoyant l'œil de Simon, horrifié de sentir ses pieds enfoncés bien au chaud dans ses charentaises, au beau milieu de ce plateau parfaitement dépouillé, crevant d'une tache écossaise la toile écrue d'une des plus délicates tragédies de Racine, s'entendant dire enfin, par un Titus riant à gorge déployée *Adieu : ne quittez point ma princesse ma Reine / Tout ce qui de mon cœur fut l'unique désir / Tout ce que j'aimerai jusqu'au dernier soupir* », et répondant à si belle supplique par le jet nerveux et fort mal dissimulé de ses deux pantoufles.

Voix de Jacques Nassif

Le silence, incorporé à la voix : « Oui… » Les trois points de suspension donnent la note, font la voix, émettent le sens. Vibration de la psychanalyse. Heures de suspens vocal. Le plafond. Ma voix y fixe des cibles molles.

Le héros d'un roman que je projette vers 1980, époque où, geignard, je me lamente d'être encore et toujours puceau — compensant la défaillance sentimentale par l'énergie créative, celle-ci parant celle-là d'un lustre de malédiction —, s'appelle Foirard, Lucien Foirard.

L'autre nom d'un héros que j'invente vers la même époque, dont je fais mine d'avoir trouvé par hasard les carnets intimes — j'en remplis deux, manuscrits, agendas des années 54 et 56, que j'ai retrouvés curieusement vierges dans les papiers d'une grand-tante —, est Paul-Jean Natal.

Commençant une psychanalyse treize ans plus tard, je suis longtemps persuadé que ces deux noms vont fournir la matière de nombreuses séances. Je les entends comme les deux sésames de mon inconscient. Les jours de panne, nul doute qu'ils m'offrent le plus commode des recours. Évidemment, il n'en est rien : quand je prononce les noms prometteurs, la voix de mon analyste, ordinairement douce, concentrée, précise, suspendue, émet un petit « Allons bon », qui veut dire « Voyez-vous ça », ou « Ben voyons », étouffé dans un léger bâillement, qui me vexe, et ne m'y fait plus jamais revenir.

Je ne sais pas assez rendre justice à cette voix qui reçoit la mienne, lui fait place, l'invite à dresser, dans l'air doux et oriental de son cabinet ombreux, le petit roman volant de son existence, de ses errances, de ses insuffisances, petit roman soufflé destiné à se perdre dans l'oreille de ce musicien magistral, capable, écoutant neuf années entières les notes les plus discordantes, d'en extraire quelque harmonie.

*

Voix de Mamie d'Alger

Elle parle lentement. Son accent pied-noir froisse, accroche chacune des syllabes qu'elle prononce. Discours patiemment élaboré, au débit toujours plus ralenti. La salive lui manque toujours. Phrases infiniment longues et détaillées. Ses évocations ont une précision maniaque, dont Maman gentiment se moque :

« Nous étions donc un lundi, lundi 23 février, il

devait être neuf heures trente du matin, en tout cas il n'était pas dix heures, la température, je m'en souviens, était tout de même assez fraîche, tu me diras que c'est normal en février, Papi, le pauvre, ne s'était pas encore rasé, il se rase toujours au rasoir à main, tu le sais — l'histoire qu'elle raconte ne commence jamais avant l'inventaire de toutes les circonstances énonçables, infinies, dont la mémoire ne lui fait jamais défaut —, c'était la Saint-Lazare, je m'en souviens parce que Papi disait toujours, le pauvre, tu sais s'il était drôle, même s'il pouvait avoir des colères, mon Dieu, des colères ! Ton père a dû t'en raconter quelques-unes, bon, je disais, oui, alors, bon, voilà, Papi disait qu'il était curieux de fêter les gares, de fêter celle-là particulièrement, alors qu'on ne fêtait pas la Saint-Montparnasse ! Tu comprends la blague, je pense, alors, nous étions donc le 23 février… »

L'histoire alors reprend à son début, on s'aperçoit peu à peu qu'il n'y a pas d'histoire, que l'histoire est ce qui précède l'histoire, que l'argument principal, par lequel, en principe, le récit a commencé depuis une vingtaine de minutes, est perdu, inexistant, ou si maigre, que sa venue enfin, dans le cours des phrases, ne sera pas même remarquée, emportée parmi les fioritures infimes et inutiles, divisées à l'infini.

Et pourtant, de sa voix asséchée de mélancolie et de médicaments, ralentie par les menus détails, les regrets et lamentations sempiternels, elle m'en dit des choses.

Jeanne, ma grand-mère, n'aime pas son premier mari, Nicolas Podalydès, comptable dans une agence de transport maritime. Si, elle l'aime un peu, aux premiers temps de leur mariage. Très vite, il devient dur. Il devient, il est, c'est sa vraie nature, dur, triste et ombrageux. Blonde, accorte, rieuse, elle aime sortir, aller au cinéma, plaire et danser. Il lui fait des cadeaux somptueux, des crises épouvantables, alterne crises épouvantables et cadeaux somptueux. L'enfant, Jean-Claude, mon père, naît en 1939. Cela ne change rien à leur mariage désastreux. Ils ne voient pas passer la guerre, n'en parlent presque jamais, tout à la haine qui vient peu à peu s'installer dans le couple, étendre sa toile sombre, occulter le vaste monde à leurs yeux, le réduire à la triste histoire d'un adultère.

Olga, sœur de Nicolas, vient de se compromettre avec un amant à Tunis. Pour sauver sa propre réputation, elle l'envoie se faire oublier chez son frère, à Alger. La terne et petite famille Podalydès héberge cet inconnu, Émile-Gabriel Miquel, aventurier plaisant, bourlingueur d'Afrique, il a tué des crocodiles, raconte mille histoires étonnantes, séduit son petit monde. Jeanne devient la maîtresse de l'amant de sa belle-sœur. Un sinistre matin, Nicolas découvre sa femme nettoyant un slip de l'hôte. Est-ce à elle de faire cette besogne ? Il soupçonne le pire, enquête, la suit, la surprend de loin qui, dans un renfoncement de porte cochère, baise les lèvres de son amant. Nicolas s'en retourne à la maison. Attend. Crevant de jalousie, de chagrin, d'angoisse. Donne à manger à son fils, qui se tait dans un coin. Émile et Jeanne reviennent. Nicolas ne dit rien. Seul avec sa femme, il se lance, il a tout vu, demande des comptes, s'emporte, propose, exige le divorce. En pleine guerre mondiale, commence entre les époux une guerre domestique sans merci.

Il veut la garde de son fils. On la donne presque toujours, et par principe, à la mère. Tous les manques de sa femme à l'égard de leur enfant sont au jour le jour minutieusement consignés dans un journal, que Nicolas entreprend autant pour épancher sa trop lourde peine qu'à des fins juridiques. Devant le juge, il tirera, espère-t-il, le bénéfice de cet épuisant florilège : elle oublie d'aller chercher Jean-Claude à l'école ; le petit ne mange pas bien à la maison, elle ne lui sert qu'un bol de Banania le matin, avant de l'expédier ; elle cache à peine sa liaison aux yeux de ce garçonnet qui en souffre, et des voisins qui ricanent ; son honneur est chaque jour outragé.

À la Libération, la leur est loin d'être acquise. Le divorce traîne. Jeanne se défend. Son mari lui fait peur : il bat son fils, l'a battue elle-même, alterne volées et cadeaux de compensation. Il n'y a jamais eu d'amour — un peu aux premiers temps, si — mais elle était faible, n'osait pas lui dire qu'elle ne l'aimait pas, se refusait à lui, haïssait ses étreintes, jamais elle n'aurait dû l'épouser, c'est son erreur. L'amour, elle le découvre avec Émile-Gabriel, si gentil, si attentionné, calme, drôle, normal, elle l'aime tout de suite, lui aussi, coup de foudre, comment empêcher cela quand on est malheureuse en ménage, elle sait bien que cela ne se fait pas, elle résiste, c'est trop fort, s'abandonne, amoureuse folle, mais qu'on ne se méprenne pas, elle aime son fils, il n'y est pour rien, il est si gentil, si malheureux, joue tout seul, ne se plaint pas, aime beaucoup Émile d'ailleurs, travaille bien, s'en sortira, mais elle, comment faire.

Après quatre années de luttes mesquines, de scènes humiliantes, de désamour sordide, de fatigue et de désespoir, Nicolas obtient la garde de Jean-Claude.

Dans une vaste maison blanche, construite sur les hauteurs d'Alger d'où l'on voit les paquebots arriver de France, père et fils vivent ensemble quelques années.

Film super-huit : Jean-Claude fait l'andouille devant la caméra. Multiplie grimaces et pitreries. Joue avec un train. Images branlantes de Nicolas s'essayant lui aussi à faire l'andouille, tandis que, manifestement, Jean-Claude tient la caméra. Un bateau passe lentement tout en bas, dans la baie d'Alger. Vues diverses de la maison.

En 1951, Nicolas meurt d'une leucémie. Jean-Claude rejoint sa mère, qui épouse Émile-Gabriel Miquel en secondes noces. Jeanne l'appelle désormais Gaby.

Le nom de Miquel s'ajoute, par un trait d'union, au nom de Podalydès. Jeanne s'appelle bientôt Mi-

quel tout court. Jean-Claude reste Podalydès. Podalydès-Miquel. Podalydès-Miquel Denis Gabriel est mon nom d'état civil.

Guerre d'Algérie. Gaby ne veut pas quitter le pays. Ils y sont chez eux, y vivent bien, et heureux. N'ont jamais connu la vie en France. Ils pensent encore que tout rentrera dans l'ordre.

Un autre Jean-Claude, à peu près du même âge, habite dans le même immeuble, deux étages en dessous. Un matin, on entend hurler dans la cage d'escalier : « Ils ont tué Jean-Claude! ils ont tué Jean-Claude! » Les deux mères bondissent sur leurs paliers respectifs, se penchent à la rambarde, l'une lève la tête, l'autre la baisse, elles se regardent.

Gaby et Jeanne quittent l'Algérie après les accords d'Évian. Débarquent à Paris. Leurs économies pratiquement perdues. Gaby hait de Gaulle, vante l'OAS.

*

Voix de Papi

Accent pied-noir fortement marqué. Il emploie des locutions arabes qui nous échappent, connues de lui seul. « Mon ami », dit-il souvent, prononcé comme en un seul mot, *monami*, même à nous, ses petits-enfants. C'est notre grand-père, nous n'en doutons pas, malgré les noms que nous portons. Quand nous apprenons la vérité, cela ne change rien, nous la savions déjà, il reste Papi, Papi d'Alger. Sa voix est souvent entrecoupée de puissants grognements nasaux. Mais plus que tout, nous impressionne sa panse, large, saillante, irrégulière, bourrelée, accidentée, tout en relief et en mouvement de boyaux qu'il peut saisir à pleines mains. Une opération des intestins l'a privé de la poche qui devrait les envelopper, les serrer, les arrondir, offrir un ventre à la peau lisse. En permanence, il rajuste ses tripes, les déplace d'un geste douloureux. Soupirs, râles étranges et courts, crispations viscérales, à certains moments, nous inquiètent, disparaissent, nous rappellent toujours qu'il est malade, que la mort n'est pas loin, et qu'il l'a, pour l'instant, échappé belle.

Nous ajoutons toujours « d'Alger » à leur petit nom, mais c'est à Paris, de 1962 à 1970, puis à Nice, qu'ils vivent désormais, jusqu'à leur fin.

Papi meurt à Nice en 1983. Mamie deux ans plus tard à Versailles, dans l'appartement acheté par mon père, où elle ne se console jamais, vieillit au galop, se voûte, se tasse, se ratatine, dévorée de deuil, gonflée de constipation, se meurt sans le savoir d'un cancer du côlon, tombe, un jour d'été, et finit là sa vie. Ils ne sont pas enterrés ensemble.

*

Voix de mon père

Son accent pied-noir, que les années paraissent adoucir, effacer, est aussitôt ravivé dans et par la colère. « Tu penses ! Viens ici ! Viens ici, petit salopard ! » Les sifflantes se prolongent, les dentales s'humectent, la finale s'étire, le « r » final est presque un « kh » prononcé à l'arabe : il est bel et bien furieux. Tour à tour — nous ses fils — nous l'imitons jusqu'à satiété, conjurant la peur, les vexations, le sentiment d'injustice que nous ravalons, pendant les années noires de sa quarantaine atrabilaire. « Les types ! »

Je joue un peu son rôle dans le film *Liberté-Oléron*. Il devient pour moi un merveilleux personnage de comédie, j'en perds toute l'animosité adolescente et puritaine qui me dresse contre lui dans les années quatre-vingt.

Il jaillit dans la chambre de l'un, de l'autre, certains soirs, vocifère, on ne comprend pas pourquoi, il nous apparaît fou, rouge feu, choisissant la plupart du temps d'entrer chez Bruno, contre lequel il semble mener une guerre ouverte, exerçant régulièrement contre lui une violence délibérée, déclarée, méthodique. Il entend le mater, comme les soldats français les fellaghas de son Algérie natale. Les assauts, les coups, les cris, les suppliques, les pleurs alternent et redoublent. Tout l'appartement, champ de la plus effarante bataille domestique, en est saturé. Nous intervenons. Éric se rue tête baissée contre lui, sans mot dire, manque de le renverser. Papa se redresse, œil dément, un instant égaré. Alors il concentre, augmente, déchaîne sa furie, promet le pire — riant, jubilant du « tarif » qu'il va lui appliquer —, se jette sur Éric, qui lui échappe, le course

dans l'interminable couloir obscur, revient à la cuisine, se saisit d'une fourchette, se lance de nouveau à sa poursuite, réclamant qu'il se rende, lui tende sa main, se reçoive l'instrument en pleine paume, pour sa punition. Il faut des heures et des cris, l'intervention tardive de ma mère, des négociations, essuyer encore hurlements et menaces, attendre la fatigue, pour retrouver enfin le calme.

Un autre soir : son poing frappe à toute volée la clenche de la porte, que Bruno, voulant s'échapper, lui claque au visage. La main éclate en sang. Il grimace, nous prend à témoin, montre sa blessure comme preuve de notre insupportable incurie, déclare que nous le poussons à bout, au meurtre, à la tuerie générale, qu'il ne peut plus faire autrement qu'exécuter un « carton ».

31/I/74 (8)

LE soir,Jean-claude P. est de garde à la pharmacie.Pendant la nuit,Denis à mal à la gorge et à la tête;il va se coucher dans le lit de Francine P. et s'endort... A trois heures du matin,Eric va lui aussi dans le lit de Francine P.car il a peur d'être tout seul dans sa chambre et s'endort tranquillement.Mais Denis P.ne parvient pas à s'endormir car il a vraiment très mal à la tête.

I/2/74

Le matin,Denis P. se demande avec Francine P. s'il pourra aller à l'école car il a encore très mal à la tête;Puis on se décide:Denis P.Va à l'école et si au retour il a encore mal à la tête,il n'ira pas en classe l'après midi.L'après midi,Il n'a pas mal et il y va.Quand il revient de l'école,il se sent un peut fiévreux et on lui prend sa température:Après avoir enlever de son derrière le thermomètre,Francine P. lit /:37.9.Aussitôt après,Denis P. prend un cachet d'aspirine.Puis sa va mieux, Denis se sent bien;il n'a plus mal à la tête et àla gorge.
Après le dîner,Jean-claude P. va au tennis.

2/2/74
> RIEN A SIGNALER — LES DAHAN ET TATI VIENNENT D
nous dînons chez minnie avec ki

3/2/74

Le matin,Denis et Bruno Podalydès portent le petit déjeuner au lit à Francine et Jean-claude P. qui en sont très contents.Pendant qu'ils mangent,Bruno et denis P. font manger Laurent qui se baffre de tartines;Et Eric,va déjeuner chez les Ruats. Après Jean-claude P. raporte le plateau à la cuisine.Denis P. essuie avec un chiffo la table pleine de miettes,et Bruno nettoie le plateau;
Ensuite,tout le monde s'habille.Pendant que l'on s'habille,Eric P. arrive et nous raconte ce qu'il a mangé:Un café au lait et des tartines de pain grillé.
Jean-claude est déjà habillé et il démonte la crèche.
En mangeant,la famille(sauf Bruno car il a eu un cinq sur vingt en mathématiques et il est puni pendant I5 jours de tous loisirs)regarde à la télévision un flm un peu mauvais qui se nomme: LES FRERES BARBEROUSSES avec Maureen O'hara et Jeff Chandler qui se termine à 3heures et demie.Après Jean-claude et Denis P. font une bataille navale et Jean-claude donne la piquette à Denis.A cinq heures Bruno est autorisé avec denis et Jean-claude P.un film à la télévision nommé:AUGUSTE avec Fernand Raynaud,Valérie Lagrange et Jean Poiret.Ce film etait très amusant.Après le film, Denis et Bruno P.jouent un peu et ensuite,ils vont se baigné.Après le bain,Denis s'enduie de crème.Ensuite Bruno et Denis vont déjeuner et après se coucher.

4/2/74

Le soir,Denis P. va au catéchisme.
A 8 heures et 1/2 un film à la télévision nommé LA VENGEANCE AUX DEUX VISAGES avec Marlon Brando.Ce film était très bien mais long.

Il y a d'autres soirs, et des journées entières — des dimanches — de parfaite violence. Pour un mouchoir perdu, un peigne déplacé. Il y voit autant de larcins perpétrés contre lui. D'un bout à l'autre de l'appartement, tandis que réfugiés et claquemurés dans nos chambres nous tâchons d'oublier sa présence, on entend les premiers rugissements, les apostrophes, les mises en garde, qui impliquent tantôt l'un tantôt l'autre, les appels, les sommations, puis le pas lourd qui se dirige vers l'une des chambres. La crise est prévisible, identique.

Il y a les jours de répit, d'accalmie, de réconciliation, les jours de fête, les embrassades, les rires, les pitreries, les moments retrouvés où la famille ressemble à toute autre famille aimante et unie.

Il crève de dépit, de tristesse, d'ennui, ne sait comment le dire, s'abandonne à la rage, pleure lui aussi, attend Noël, les anniversaires, toute occasion pour faire pleuvoir les cadeaux du rachat.

Un temps gigantesque s'écoule.

Il divorce, habite ailleurs, pas très loin, vieillit, s'apaise. Un autre cauchemar survient. Éric, notre frère, son troisième fils, se suicide le 10 mai 1997.

Enterrement.

Il prend la parole, dit ses torts, ses remords, ses manques et ses fautes, n'implore aucun pardon, parle simplement, dans l'église, devant tous, devant le cercueil.

Voix terriblement adoucie, que déchire, au-dedans, un sanglot si lourd, si épais, qu'il ne remonte pas aux lèvres.

Étrangement, des années plus tard, pourquoi dit-il, dans une conversation où il tâche à me décrire la voix de son père — conversation enregistrée dont, en l'écoutant, me surprennent le paisible cours, la confiance et l'affection réciproques qui l'imprègnent —, pourquoi se persuade-t-il que sa voix, à l'inverse de la coléreuse voix paternelle, ne porte pas — ne porte plus ?

*

Voix d'Éric

« Comment ça va, Éric ? »

Il cherche quelque chose qui boucle la conversation, sans donner à penser qu'il veut la clore. Il se fouille pour répondre d'une façon imagée, suffisante et satisfaisante, qu'on se sépare sans arrière-pensée. Il ne trouve rien, son regard tombe. Son ami s'enquiert de sa santé : « En forme ? — *Ouais*, en forme. — Sûr ? — *Ouais.* — Ah ? » Ce *Ouais* fait entrevoir la béance incommensurable de son ennui. L'inflexion molle, hautaine, épuisée, dont il empâte ses phrases, assourdit la conversation, décourage l'auditeur, qui malgré sa sollicitude s'irrite contre cette voix dénuée de chaleur et de vie.

Éric s'en rend compte. Il sombre. Ses explications faibles et ennuyeuses endorment. Ne sachant que faire, il s'emporte en lui-même. Ses paroles s'appauvrissent encore, jaillissent par saccades agressives, constellées d'expressions toutes faites, d'injures

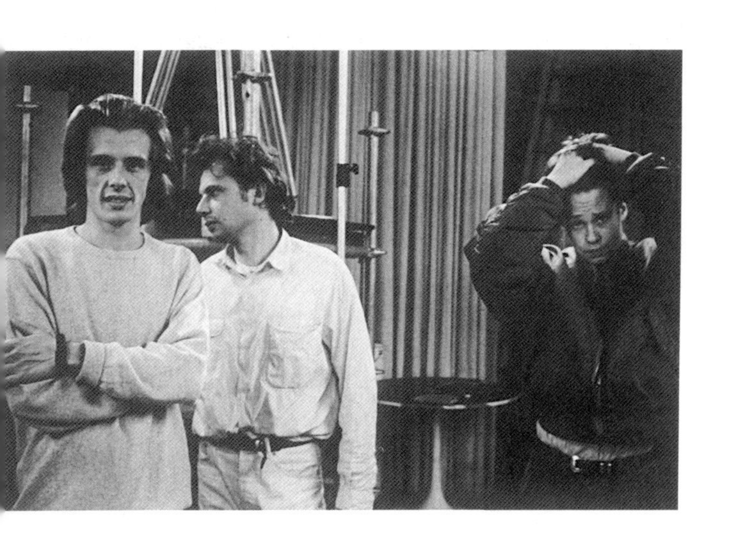

répétitives, de griefs identiques. Sa tristesse passe pour une insupportable et sempiternelle aigreur envers ceux qui l'aiment. Il s'enlise dans sa colère froide, voudrait bien, s'il pouvait, rouer de coups de poing l'ami qui lui tend la main.

Voix entendue pour la dernière fois au téléphone. Il fustige un film dans lequel je parais à ses yeux bien ridicule. Mal habillé et mal coiffé. Comment puis-je faire de telles merdes ? Je devine qu'il a bu, pas trop, mais quand même. Le ton guilleret qu'il affecte est dû à l'alcool. L'envie de lui raccrocher au nez gonfle le silence que je lui oppose. Il a tous ces tics de voix et de bouche qui me sont devenus insupportables, claquements de langue, sécheresse des muqueuses, grincements de dents et de mâchoires, écorchements de mots qu'il ne corrige pas, syllabes traînantes, accents amers, phrases avalées, chuintements, toux, silences. Je ne lui dis pas de venir me rejoindre. Je ne dis plus rien. Ça continue un peu. On s'enlise. Il ne me demande pas s'il peut me rejoindre. J'attends qu'on en finisse. Il attend que j'en finisse. Je ne lui dis pas de venir me rejoindre. Il ne me demande rien. Je ne dis plus rien. Il attend. Puis n'attend plus. « Salut. — Salut. »

Voix de mes frères

*

Voix des toreros

Voix sans voix. Voix du pur courage. Inutilité de la voix sinon du cri pour héler — citer — la bête. Sébastien Castella, El Juli, Juan Bautista.

José Tomás. Absence de voix. Un homme se tait dans le monde, c'est José Tomás. En 2002, par un communiqué, il s'exprime : « J'arrête. » Il se retire.

En 2007, il revient.

Le 10 septembre, à Nîmes, du *callejón*, je le vois de plain-pied, à la fois de très près, et de toute la distance qui me sépare de cet étranger absolu : la nuit faite homme.

Il appelle les taureaux d'un souffle. Ce même

souffle que l'arène retient. Silence médusé. La respiration du taureau. Halètement. Ce va-et-vient du poitrail. José Tomás avance la main. Regard du taureau. Saisi, tenu. Flexion du poignet. Ondulation de la *muleta.* Appel, absence de voix. Charge. Le taureau entre dans l'illusion, la voilure fuyante du leurre. Navigation de la bête, ralentie, allégée. Courbe. Absence de voix. Toujours du silence au principe de chaque mouvement. José Tomás est droit, menton bas, œil presque vide, expression nulle. Le taureau est passé. Petits pas. Ajustement de la position. Douceur d'une porte entrouverte. La main, de nouveau, le leurre avancé, proposé, de nouveau. Attitude. Tomás enchaîne les figures dans la lenteur d'une élaboration mûrie, ne s'accomplissant, foudroyante et toujours aussi lente, qu'au terme voulu, attendu, décidé, sous le regard de tous, qui restons pensifs, muets, proches des larmes. Attendant nous-mêmes la liesse dont nous submerge bientôt la progression irrésistible. Éclatant enfin, de rire, de joie, en pleurs, nous crions, hurlons, tandis qu'il achève la dernière passe, déchirante et libératrice, sans avoir concédé ni le moindre pas ni le moindre mot.

III

Est-il retraite plus sûre qu'un studio d'enregistrement ? Plus recueillie, abstraite des vicissitudes et des contingences ? Rien ne peut m'y atteindre, comme en une chambre reculée du cerveau, désertée par les sentiments et les pensées, sinon ceux et celles du livre, quand je commence la lecture à voix haute. Aujourd'hui : *Les Paradis artificiels* de Baudelaire.

Qu'éprouve-t-on ? Que voit-on ? des choses merveilleuses, n'est-ce pas ? des spectacles extraordinaires ? Est-ce bien beau ? et bien terrible ? et bien dangereux ?

Du moins je le crois. Je veux le croire.

Je n'ai pas de petite maison écartée, à la campagne, qui serait l'équivalent.

Pour réaliser cette abstraction, ce retournement de la vie en voix, il faut donc : un appareil d'enregistrement, deux pièces séparées par une cloison insonorisée ; je suis enfermé dans la première, simple cellule capitonnée ; dans la seconde, se tiennent, auditeurs attentifs qui me suivent texte en main, le preneur de son et le directeur artistique.

Il arrive qu'aucune voix ne sorte de ma voix. Je veux revenir à la lecture silencieuse de qui n'a rien à produire, aucun son à émettre, aucun micro devant lui, promenant ses yeux sur une page pour l'instruction de son esprit, sans que lui soient comptés ni les mots ni les pages. Que mon cerveau ne soit pas la chambre close où je tourne encagé, mais un espace libre, étendu, infini, verdoyant. Que mes matinées soient consacrées à regarder par les fenêtres, à marcher dans les chemins de campagne. Devant cet appareil, ce livre, ces lunettes, ces gâteaux, je suis vide. Et rétif. Évasion soudaine. Rêverie. Autre lieu du cerveau. Je visite. Tiens, la mémoire, les choses, l'enfance.

Quelle pitié vient me prendre ? Qui peut venir me chercher ici, dans le studio d'enregistrement ? Nul ne sait même l'adresse. On ne veut pas me déranger. Je demeure là, à vie. Comme à un malade que l'air extérieur corrompt, on ne me parle qu'au travers de cette cabine. Ma conscience ne me laissera pas en repos que je ne revienne achever ce livre. Mes deux auditeurs — témoins et juges — vont bientôt me ramener dans la petite cellule sonore.

Depuis cinq mois, ma grand-mère vit dans une maison de très grand âge. S'ennuie. Quatre-vingt-quatorze ans. Je vais la voir quelquefois. D'habitude, je lui apporte des fleurs. Elle les contemple longuement de son lit ou de son fauteuil. Aujourd'hui, en plus d'un bouquet fourni de roses rouges, blanches et jaunes, je lui offre un lecteur de disques. Et mon enregistrement de Baudelaire. Pour me faire plaisir, elle demande à m'entendre. Nous écoutons le début. Ma grand-mère pose son doigt fin sur la touche Stop, ne l'enfonce pas, me sourit, je lui dis qu'elle peut l'arrêter, elle dit non. *Voici la drogue sous vos yeux : un peu de confiture verte, gros comme une noix, singulièrement odorante. Voilà donc le bonheur! Il remplit la capacité d'une petite cuiller! Le bonheur avec toutes ses ivresses, toutes ses folies, tous ses enfantillages! Vous pouvez avaler sans crainte, on n'en meurt pas.* « Veux-tu que j'arrête? — Non. » *Vos organes physiques n'en recevront aucune atteinte. Plus tard peut-être un trop fréquent appel au sortilège diminuera-t-il la force de votre volonté, peut-être serez-vous moins homme que vous ne l'êtes aujourd'hui; mais le châtiment est si lointain, et le désastre futur d'une nature si difficile à définir! Que risquez-vous...* « Ça ne t'ennuie pas? — Non. » Elle sourit toujours, les yeux tournés vers les roses, pressées dans un grand vase blanc posé au sol, où le soleil, depuis un instant, chauffe les couleurs d'un rayon doré. Elle ne prête qu'une attention distraite au texte de Baudelaire, mais elle refuse toujours que j'en interrompe le cours.

Laissant ma voix envahir la chambre, nous réduisant au silence — elle m'a demandé de monter le volume —, gardant ma main dans la sienne, les yeux toujours dirigés vers les fleurs, dont elle ne cesse, me regardant à courts intervalles, de me prendre à témoin de leur éclat, de leur beauté, elle n'a d'autre idée que de me faire plaisir et de faire durer un peu, dans sa vie raréfiée, ce plaisir qu'elle entend partager, dans le silence d'une écoute commune, rêveuse, presque ensommeillée. *Les premières atteintes, comme les symptômes d'un orage longtemps indécis, apparaissent et se multiplient au sein même de cette incrédulité. Le démon vous a envahi ; il est inutile de regimber contre cette hilarité, douloureuse comme un chatouillement. De temps en temps, vous riez de vous-même, de votre niaiserie et de votre folie.*

Voix d'Yves Charnet

Octobre. Au téléphone.

« Je suis fatigué. Je ne fais rien. Tu es gentil, merci. »

Depuis quelques semaines, il est allongé. Il ne se lève pas. Ne fait rien. Quelques larmes, quelques coups de gueule. Parfois il est terrifié. Il n'a pas connu un tel état dépressif depuis vingt ans. Trois semaines d'hôpital n'y font pas grand-chose. Traitement. Rien. Les jours passent. Il est au milieu des siens, n'attendant ni ne faisant rien. À moins qu'on ne lui dise, que Marie-Pierre, sa femme, ne lui dise : « Lève-toi, lave-toi, habille-toi, viens manger. » Alors, il se lève, un peu, mange, un peu, parle, à peine.

À Nîmes, en septembre, je n'en peux plus de sa volubilité frénétique. Je veux voir tarir la source perpétuelle de ses soliloques, de ses commentaires, de ses questions auxquelles il répond aussitôt, de ses récits, fulminations, réquisitoires contre les temps, l'imposture généralisée, ses collègues, le monde, et puis ses déclarations d'amour et d'amitié, ses étouffades de toux et de rires, ses « non mais, non mais attends, attends, et tu ne sais pas que et mais bien plus que ça, Denis, Denis, tu as vu, tu as vu, tu as vu, regarde, regarde, regarde… ».

Te voilà frappé sec, à pleine volée, du poing serré de la Dépression.

Étendu d'un coup au tapis. Encorné pleine poitrine, dirais-tu, si tu avais le cœur à filer la métaphore tauromachique.

Ce taureau-là a eu raison de tes feintes, de tes passes, du chiffon rouge que ton énergie ne cessait d'agiter sous son mufle patient et rusé.

N'as-tu pas vu venir le coup assassin, l'uppercut décisif, le poignard de la corne ? Tandis que nous essuyions les tempêtes de tes tirades, endurions la compression de tes empoignades amicales, joviales et nerveuses, dans tes chemises rouge feria ou hawaï, tes postillons de verbe, de tendresse, de rancune, d'amertume et de rire, de clownerie et de fureur, n'étais-tu pas en fait, sous nos yeux aveugles et ahuris, à nos oreilles rebattues et assourdies, n'étais-tu pas occupé à esquiver les charges incessantes, à parer les attaques, les crochets, les griffures et les mille traîtrises de la Mélancolie, qui, en personne, à coups redoublés, coups de poing ou coups de corne, te prenant, te soulevant, te piétinant, te reprenant au sol, te réglait ton compte, méthodiquement et impitoyablement ?

Le jour de trop, tu rentres chez toi, te couches, lassé, épuisé, déçu. Rien n'a marché contre la bête. Pas réussi à la détromper, à la détourner ? Assez avec les mots. Tu regardes le plafond, t'endors un peu. Tu pleures. Saisi de terreur par instants, tu te vois cerné de toutes parts. Tu romps, capitules, acceptes la défaite. Et puis silence. Ni plainte, ni diatribe, ni effusion. Plus une larme. Tu te mets en congé pour longtemps.

Au téléphone. Novembre. Ta voix a complètement perdu l'inflexion nerveuse, tendue, mordante, croissante et insatiable des mois de juillet, d'août et de septembre qui précédaient la chute.

Il y a de la douceur. La conversation vague. Dans la voix confuse et fatiguée, j'entends l'accent, certes voilé, d'un sourire. La mélancolie affleure avec légèreté. Tu es curieusement ouvert, lucide et simple. Nous parlons sans excessive retenue. Tu racontes les choses brièvement. Que faire ? On ne sait pas.

Après Noël, malgré les médicaments, le début de la cure, tu ne parles presque plus.

Au téléphone. Février. Silence d'abord. Silence, ensuite. « Yves, je te dérange, tu étais… — Non, rien, je faisais rien. » Tu dis le vrai, très exactement. *Rien*, tu faisais : *rien*. Tu fabriques, sécrètes, en toi-même, du rien. Je le pense très fortement à l'écoute de l'étrange et précise inflexion que tu mets en disant cela : « *Rien*, je faisais *rien*. » La particule négative est volontairement élidée, puisqu'il s'agit bien de ça : *faire rien.* « Je pense à toi, je suis ton ami, je m'inquiète… — … Merci. » Chacune de tes intonations finales, sans froideur, ni impatience, ni sécheresse, coupe le fil de notre maigre entretien. Ça tombe comme une chose morte. Voix qui s'arrête. En suspens. En suspens sur rien. À nouveau le silence. Une étendue désertique et désinvestie. Attend-il que j'en finisse ? « Je vais te laisser… Tu n'as pas trop envie de parler… — Pas trop. »

Ta voix est délestée de toute pesanteur. Belle dans sa distraction innocente. Sa faiblesse. Sa délicatesse de verre. Sa distance d'horizon. Sa brume épandue noyant tes phrases minuscules.

Mais il n'y a personne. Personne dans ta voix. Un étranger poli qui attend poliment qu'on en finisse.

« Mais qu'est-ce qui s'est passé, exactement, tu le sais ? — … Je sais pas. »

*

Voix de Christine Montalbetti

Douce, espiègle, elle me revient d'après-midi normands, enveloppée sous les pulls, les plaids, raréfiée par le froid des maisons de campagne où, à quatre ou cinq amis, nous révisons, sommes censés réviser, travailler au concours de l'ENS. Nous rêvassons. Nous vient l'idée de lire, à voix haute, *Bérénice.* Douce, espiègle, frigorifiée, tu lis Bérénice, moi Titus, t'amuses et te plais au jeu des vers, des pensées courtoises et tristes, à sortir un peu ta voix de sous les couvertures. Nous y passons plusieurs heures, heureux et libres, ne fichons rien d'autre, considérons tout de même la tête de nos camarades, hébétés et contrariés, nous retournons enfin à nos livres et nos notes, nous rêvassons de plus belle, au milieu de milliers de cadavres de mouches, qui constellent planchers et recoins de la maison, va-t'en savoir pourquoi.

Voix aujourd'hui passée dans le style de tes livres : bienveillante, accueillante, vous taquinant son lecteur à petits coups de coude complices et raffinés, tandis qu'il lit sérieusement, puis, vaincu, sourit, se laisse aller, se marre franchement, quand la phrase ample, déliée, proustienne, se permet de petites onomatopées, *frouitch-frouitch, vlouf, plaf,* vous emmène et vous balade, bord de mer, chemins de terre, moments suspendus, peuplés de fantômes amicaux, pensées auxquelles elle prête mouvements, existence, autonomie, les incarnant, en faisant des personnages drolatiques, allégories légères qui font ta fantaisie, à laquelle, contrariant ta rougissante timidité, tu donnes libre cours.

*

Voix de Jacques Weber

Au cours Florent, revient le nom de Jacques Weber. Il y donne une leçon exceptionnelle, une *master class.* L'acteur joue et remporte tous les suffrages dans *Cyrano de Bergerac* au théâtre Mogador. Je n'y vais pas, je me désintéresse de *Cyrano*, vieille pièce à succès, boulevard en costumes, pastiche potache, opérette parlée en misérables alexandrins chevillés, triomphe trompeur et trompetteur de la bourgeoisie nationaliste. Cyrano est avant tout le nom du cinéma où je me rends régulièrement à Versailles, rue Baillet-Reviron. Parfois il prend un goût de zinc et d'apéritif quand je lui substitue inconsciemment le mot Cinzano, écrit en lettres majuscules sur le jaune des cendriers triangulaires, dans les cafés. Ma haine de l'œuvre me dispense d'en lire un seul vers.

Weber a la particularité d'avoir reçu au Conservatoire le prix d'excellence, très rarement attribué. Étoile entre les étoiles, il peut gravir tous les degrés de la gloire académique.

Eh bien non. Refus d'entrer à la Comédie-Française. Cinéma, télévision. Et Cyrano.

J'entre dans la petite salle du cours, à la fin de la *master class*. Je veux m'y installer pour occuper l'endroit, répéter à mon aise, quand tout le monde sera parti. Weber n'a pas quitté la salle, ne me voit pas, se tient debout au milieu d'une travée en contrebas, imper beige, écharpe rouge, lourd cartable, cheveux déjà blancs, très large d'épaules, énormes mains, embonpoint généreux qui accroît en circonférence sa présence couronnée.

Lassitude. Son visage est lessivé. Il passe une de ses grosses mains sur le front. Traits tirés. Pas de gaieté, pas de morgue, nulle affectation, non, seulement de la fatigue, dans le sourire aimable et cuit dont il gratifie les élèves qui en veulent encore, des conseils et des viatiques. Mais c'est un sourire qui demande grâce, veut congédier, en finir avec la matinée de ferveur, d'admiration, d'énergie envieuse et joueuse.

Été 2007. Nous tournons le film d'Emmanuel Bourdieu *Intrusions.* Nous venons de faire ensemble *Figaro.* Sympathisons. Il me raconte, dans sa voix d'aujourd'hui — je l'enregistre —, la dépression qui, au milieu des représentations triomphales de *Cyrano de Bergerac,* retourne sa voix comme un gant, la lui rentre dans la gorge, substitue aux mots et aux tirades une déchirure, un bruit de tuyau crevé, un horrible *glou-glou,* un trou béant dans la voix de l'Excellence.

C'est un soir comme les autres. Jouant depuis plusieurs mois, deux fois le samedi, tu n'es pourtant ni plus ni moins fatigué que d'habitude. En scène, tu es dans le premier quart d'heure du rôle, tu as pris à partie Montfleury, le public paraît se réjouir de l'énorme pièce qui commence, tu vas te tourner vers lui pour la célèbre apostrophe, *Je vous ordonne de vous taire / et j'adresse un défi collectif au parterre.* Te voilà bien de face, tu n'as qu'à.

Eh bien ?

Tu sembles hésiter. Allez. Tes lèvres s'entrouvrent. Dessinent un rond incongru. On aperçoit le noir de la cavité buccale. Rien n'en sort.

Je vous ordonne de vous... Ah. Tout de même.

Manque le verbe ; pourquoi cette pause ? Eh bien ?
— *taire*...

Au moment de dire le mot « taire », ta voix *s'embourbe*, penses-tu, dis-tu plus tard. Les vocables s'arrêtent pesamment avant l'émission : *et j'adresse un défi collectif* s'amollissent *au parterre* se liquéfient dans ta gorge. Tu ne comprends pas, t'étonnes, éprouves un léger frisson d'anxiété, passes outre, continues. Tu te rétablis et sors de l'ornière.

Tout le temps de la représentation, tu t'interroges. Pour la première fois de ta vie d'acteur, ta voix, cet organe puissant dont résonne et tremble chaque soir l'immense théâtre Mogador, de l'orchestre aux galeries, ta voix te semble séparée de toi, faite d'autre chose que de toi ; l'arme fidèle ne serait-elle qu'un instrument délicat et faible ou, pire, une force sournoise et rétive, capable de — décidée à — te trahir au pire moment ? Tu ne sais pas.

Quelques jours plus tard, tu es en coulisse. Tu dois lancer le premier mot de Cyrano : *Coquin !* Devant le rôle comme devant la montagne, tu commences l'ascension, grimpes. Ou comme devant la forêt, tu entres par les sous-bois, tailles la route, empruntes chemins et fondrières, traverses buissons et taillis, trouves les clairières. Ou encore comme devant la mer, tu plonges, nages, respires, coules, remontes. Tu choisis la métaphore qui convient le mieux à ta sensation du jour.

Ce soir, tu hésites. Il te faut — comme le veut la mise en scène —, du fond de ce recoin, caché encore, dérobé aux yeux du public, expulser violemment le mot de ta poitrine, avec force et fracas, par-dessus voix, musiques et brouhaha. C'est un coup de gorge puissant, rugissant, qui te précède et te tire en scène. Lance-le ! Parle !

Co–quin !

Ce soir-là, *Coquin !,* au lieu de sortir comme un projectile, retourne au fond de ta bouche, se fourre au fond de ton gosier, comme un rat terrifié : *Co–quin…* Au bord de ta lèvre, meurt un vague bredouillis de fausset.

Tu ne comprends pas. Que se passe… Tu ne finis pas ta pensée, il y a tout le reste. Tu t'avances. La musique, les acteurs, le public interposent une muraille qu'il te faut transpercer, briser. Tu y vas. Miracle : la voix sort.

Ça vient. Tu joues à peu près normalement, sauf qu'une peur inédite, bien à l'intérieur, entreprend un long règne. *Donc je désire voir le théâtre guéri / De cette fluxion, sinon le bistouri.* Les mots s'échappent de ta bouche comme de noirs présages, le sens des vers se travestit en ironie féroce.

Ce *Coquin !* rebroussé te hante, demeure comme une amertume, un dégoût sur la langue. Comment peux-tu ainsi trébucher, être saisi d'une panique enfantine, vouloir t'enfuir, sur la première syllabe du rôle ? Devant la montagne, à l'orée de la forêt, devant la mer ? La métaphore s'efface.

Un rongeur noir au pelage luisant étouffe le conduit de ta voix.

Tu es maintenant devant le rôle comme devant une porte fermée. Devant un mur. Non, une meute de rats. Non, devant rien. Plus rien devant. Seul.

La peur s'installe, prend ses quartiers. Mémoire, viscères, cœur, sang, os, peau. Afflue dans la voix qui charrie le texte malgré tout.

Les soirs suivants, ça va mieux. N'était-ce qu'une inquiétude passagère ? Une période de fatigue, somme toute ? L'angoisse n'est pas dissipée, mais le rôle est bien là, tu le tiens, la machine tourne.

La peur attend son heure.

Une semaine plus tard, au deuxième acte, après les *non merci*, à l'instant d'attaquer *Mais chanter / Rêver, rire, passer, être seul, être libre / Avoir l'œil qui regarde bien, la voix qui vibre,* le rat, encore le rat, *Mais — chanter —* s'enfuit au fond de la gorge. Tu veux passer en force, *Rêver, rire* tu dois dire *passer, être seul* tu vas dire, *être libre* tu le dis, arrachant chaque mot d'un cri qui te laboure la gorge, *Avoir l'œil qui regarde bien* tu n'en peux plus. Tu laisses tout tomber. Tu renonces. Tu te tais.

La voix qui vibre ne vibre plus : arrêt total de la pièce. Plus rien. Silence de Cyrano, dans *Cyrano de Bergerac.* Si on veut à toute force un spectacle, c'est celui-là. Cyrano n'a plus rien à dire. Il contemple la salle. Pas la salle. Le rat devant tes yeux. Pardonnez-moi, mesdames et messieurs. Coulisse. Tu laisses tes larmes couler en abondance, ne les caches pas, t'effondres. « Je n'y arrive plus. » Si tu n'y retournes pas tout de suite, tu n'y retourneras jamais. Va. Tu reprends le cours de la représentation. Tu finis quand même.

Autres soirs. Tu guettes le rat. Quel mot te le renfoncera jusqu'à l'œsophage. La peur est partout, mange tous tes mots. *Coquin.* Ils te reviennent tous, ridiculement aigus, dans le fond déchiré du larynx. *Tous ceux, tous ceux, tous ceux* Le public ne comprend pas *Qui me viendront* perd la moitié du texte *je vais vous les jeter en touffe* s'interroge, c'est donc ça, *Sans les mettre en bouquet* Cyrano ? *je vous aime, j'étouffe* On n'entend rien *Je t'aime, je suis fou* Ça n'est pas possible. Le rôle est un massif qui ne t'est plus accessible *Commences-tu à comprendre, à présent ? Voyons, te rends-tu compte* La forêt *Sens-tu mon âme, un peu* du Roi des Aulnes *dans cette ombre, qui monte ?* La mer *Oh mais vraiment ce soir* à crête blanche des tempêtes, *c'est trop beau* Tu n'y peux plus rien *c'est trop doux* Tu sombres *je vous dis tout cela* Il faudra des mois et des mois *vous m'écoutez, moi, vous.* Tu es remplacé.

Commence une longue cure. Comment pouvais-tu savoir que la détestation, pire, la malédiction viendrait, non pas des critiques, pas du public, non, de l'intérieur de toi, du dedans de la bouche et de la gorge, de la voix elle-même, serait la voix elle-même, et préférerait, au milieu du triomphe et de la lumière, rebrousser chemin, te laisser en rade, gueule ouverte, et fouiner dans son gouffre, sa noirceur taciturne ?

La voix de stentor parle doucement à l'intérieur d'elle-même. Il y a de la rocaille, des herbes sèches, de la lande. Voix assise dans l'herbe, enjouée, désenchantée, amicale. Les finales portent curieusement les accents d'un grand seigneur toujours pris au dépourvu. L'excellence cul par terre.

Nous sommes dans le jardinet arrière de la maison où nous tournons. Le temps est incertain, du vent, des éclaircies, du franc soleil, puis l'ombre. C'est la pause de midi. J'enregistre. Bande-son chargée de bruits divers : oiseaux, feuilles, pas, branches, gravier, souffles, circulation au loin, voix captées, au passage, des techniciens, de ceux qui passent avant d'aller déjeuner, nous saluent, plaisantent, s'éloignent. Nous parlons, puis ne parlons plus.

Voix de Jacques Weber, comme des morceaux de pierre roulant et gisant au milieu d'un paysage de Bretagne, vaste, accidenté, coutumier des vents et des tempêtes.

VOIX DE L'EMPOTÉ
(roman)

Au cours de ce stage à la banque UBP, Gabriel rencontre deux garçons qui frappent durablement son esprit. L'un d'eux, Jacques Seberg, l'invitant un soir chez lui, près de la République, sans qu'il le sache jamais lui-même permet rien de moins que son dépucelage, grande affaire de cette époque. C'est l'été 82. L'autre s'appelle Patrick Jouan, n'a pas vingt ans, mais donne l'impression d'en avoir dix de plus, tant il a vécu, tant ses expériences sont riches et enviables, et grande son aisance.

Un autre Jacques, tout à fait déterminant dans cette histoire, mérite qu'on s'y arrête, avant de poursuivre l'histoire entamée ci-dessus : Jacques Restif, son ami de Versailles, auquel il est alors si profondément lié que celui-ci n'ignore rien des infimes et honteuses misères de Gabriel. Ce Jacques, d'une beauté quasi proverbiale parmi les jeunes Versaillais qu'ils fréquentent, est auréolé de l'immense prestige d'avoir perdu sa virginité à treize ans. Gabriel médite et rumine ce fait exceptionnel. Comment cela

cm1 ecole lafitan 1973
BUREAU

a-t-il été possible ? Quelle espèce d'homme est son ami pour avoir si tôt franchi l'étape la plus décisive de la vie, et quelle espèce d'enfant est-il, lui, pour être sur le point de ne jamais la franchir ? Il se croit affecté d'une rare maladie, dont l'unique symptôme est cette virginité absolue, à laquelle il se sent irrémédiablement condamné. Tout homme couchant avec une femme — lui faisant l'amour — est nécessairement doté, pense-t-il, d'une qualité, d'un élément biologique — enzyme, hormone, cellules ? — dont il manque, lui, le pauvre Gabriel. Maladie tout abstraite, car il n'est affligé d'aucune espèce d'impuissance ou de faiblesse du désir, bien au contraire. Jacques Restif connaît les obsessions comiques de Gabriel, soigneusement maquillées et sublimées dans les songeries et amphigouris littéraires, les sujets de conversation distingués, les aspirations artistiques, auxquelles se livre Gabriel, noircissant pages de cahiers et de carnets, imaginant à voix haute des amours inédites, s'inventant des destinées tumultueuses encombrées de femmes impossibles. Jacques s'amuse, se régale même, avec une rare malice, de ces fantaisies purement verbales ; il prétend l'aider, mettre en œuvre les circonstances de son dépucelage.

Mais c'est aux épreuves les plus angoissantes, pour un jeune homme timide et désarmé, qu'il le force de se soumettre, le pressant de draguer au plus vite telle ou telle fille, lui signalant qu'il plaît à l'une quand Gabriel se tourne vers l'autre, brusquant ses choix, l'exposant aux avanies et aux vexations en organisant chez lui (quand M. et Mme Restif sont en week-end) de périlleux dîners où il doit, sans retard, à l'heure dite et à tout prix, se montrer sous son meilleur jour, être drôle (ils ont convenu qu'il ne peut compter sur son seul physique), profond (alterner conversation légère et discussion politique, voire philosophique), surprendre, créer du mystère, séduire, tenter quelque chose, pousser l'avantage en cas d'ouverture — une chambre d'ami, à l'étage de la grande maison des Restif, est libre. Plusieurs heures avant l'affaire, Jacques prépare Gabriel, lui parle, lui donne quelques clefs, quelques pistes, l'habille, le parfume (senteurs fortes de *Pierre Cardin* ou *Tuscany*, dans lesquelles Gabriel ne se reconnaît nullement et s'indispose), l'échauffe, comme un entraîneur, on l'imagine le menant du vestiaire au ring, serviette sur l'épaule, criant les dernières recommandations, vas-y, vas-y. Il le fait boire un ou deux apéritifs, avant de le jeter dans la fosse, quand les jeunes filles (toujours deux, pour l'ambiance et la commodité de Jacques) sonnent à la porte.

Gabriel, que Jacques n'appelle plus autrement que l'Empoté, se prête au jeu, pensant qu'il faut bien mettre les bouchées doubles s'il ne veut pas se retrouver au même point à trente ans. Quel meilleur maître peut-il espérer qu'un jeune homme dévoué à sa cause, entreprenant et audacieux, qui depuis sept années connaît le cœur de la vraie vie ?

Mais l'Empoté souffre d'une tare bien réelle.

L'Empoté, c'est moi. Je préfère néanmoins continuer mon récit à la troisième personne qui, pour la circonstance, m'agrée particulièrement.

Quelle est donc cette tare? Tel est le sujet de ce petit roman d'apprentissage.

Chaque fois qu'il se trouve dans une situation sentimentale favorable (une jeune fille répond à sa plus petite initiative, ou la suscite), Gabriel, pris de malaise, court vomir, immanquablement, ou presque. Détaillons un tant soit peu le phénomène.

Sitôt que notre fragile héros perçoit l'ambiguïté inhérente à ce moment délicat, croisant un regard dans lequel il entrevoit soudain ce qu'il appelle — selon sa théorie — l'*envers* de la femme; dès que manifestement survient le temps d'agir, le point de rupture, au-delà duquel tout sera perdu, étant atteint; à l'instant de faire en sorte qu'un parfum, comment dire, plus poivré se répande, que se déchire le voile de protection sociale qui le sépare de cet *envers* à portée de main; au moment précis où, devant en finir avec la conversation anodine, laborieuse, trouée, stagnante, il lui faut exprimer son désir, muselé jusque-là dans le double fond de ses pauvres mots trempés d'alcool; arrivé au seuil fatidique où, pressé d'en finir avec les préliminaires — ou plutôt : pressé par le devoir d'en finir avec les préliminaires —, il abandonne sa voix civile, ses mots civils, inoffensifs, délaisse la voix elle-même et toutes les protections, les masques, les pruderies dont elle est chargée; tandis qu'il quitte enfin le langage, cesse d'ajouter toujours une phrase à une autre phrase, accepte que grandisse entre eux un silence plus intime, plus compromettant, et se force, oui, maintenant, à saisir sa chance, à *attaquer*, comme on dit, à se déclarer physiquement, à faire le geste sans retour de prendre la main de la jeune femme — alors,

à ce point irrésistible de tension,

du profond de ses pauvres viscères jusqu'à sa tête enfiévrée,

monte

une horrible nausée.

Il ne peut qu'à peine en masquer l'effet dévastateur, les hoquets convulsifs, la poussée inexorable.

Il lutte, déglutit, bloque sa respiration, comprime tous les conduits, tuyaux, canaux, boyaux et artères, se livre à une extravagante gymnastique interne, qui lui demande un effort de grand sportif, le met en eau en quelques secondes. Il détourne son regard de la jeune fille, tâche même de l'oublier, d'oublier son charme, tous ses charmes, sa grâce, son inquiétude bien naturelle. La voir ainsi désemparée, encore plus belle et plus troublante d'être ainsi désemparée — attestant l'intérêt qu'elle lui porte —, ne fait qu'augmenter la violence du symptôme. Il s'emploie à changer la conversation, qu'il lui faut obligatoirement purger de toute connotation sensuelle, amoureuse ou simplement galante. Offrant le plus incompréhensible des spectacles, il ne peut plus revenir en arrière, s'épuise en vain, contient à peine l'ultime spasme, se lève, hagard, blême, main sur la bouche, se rue vers les toilettes, s'enferme, plonge la tête dans la cuvette, se libère enfin.

Il s'asperge d'eau, se nettoie la bouche. De sa veste, il tire un petit sachet de pastilles à la menthe, s'en dépose une sous la langue. Suçotant discrètement, il revient à la table, visage confit et bouleversé, yeux rouges et dilatés. Malgré tout il sourit, malgré tout se veut affable et rassurant.

Il s'explique mal, fuit obstinément la vérité, accablante et perverse, se persuadant qu'elle dégoûtera de lui la jeune femme, à jamais. À force d'éluder les questions, non, non, ça va, ça va, je te jure, rien du tout, il s'enlise. Étonnée, désarçonnée, la fille s'entend faiblement interroger sur sa famille, ses grands-parents, ses lieux de vacances, sa petite enfance : « Alors toi, ton grand-père, tu l'appelles Papi ? Pépé ? Papou ? Tu préférais aller à la mer ou à la campagne quand tu étais petite ? Et tu étais dans quelle école maternelle ? Et... tu as déjà redoublé une classe ? »

Gabriel néanmoins sait ce qu'il fait. En retrouvant lentement une neutralité et une indétermination absolues, il parvient à refaire surface, quitte à instiller dans la conversation un mortel ennui : « Et qu'est-ce que... Je veux dire en général, tu... qu'est-ce que tu... fais ? — Eh bien, je... — Oui, c'est ça... Et tu aimes... quoi ? — Pardon ? — Oui, non... Tu aimes quoi dans la vie, tu aimes les... » Ça n'a ni queue ni tête, mais mieux vaut n'importe quoi plutôt que cette épaisseur trouble de sexe rôdant, de moiteur envisagée, de frénésie probable mais incertaine, de questions cruciales, emmêlées et vulgaires : que toucher d'abord, des seins, ou du sexe ? Doit-on se montrer fort et conquérant, ou doux et progressif ? Quand et comment sait-on que la jouissance féminine arrive ? Peut-on en parler ? Est-il possible d'en rire et plaisanter ? Faut-il nécessairement entretenir le sentiment et le mystère ? Comment se retenir d'éjaculer, grande et navrante interrogation, tant il déborde ?

Pour peu que la jeune fille accepte la conversation lénifiante, décousue, et ne fasse plus aucune allusion aux bizarreries qui ont précédé, Gabriel reprend confiance. Malgré la fatigue intense qui s'abat sur lui après la crise, bien que la jeune personne, devant les bâillements prodigieux qu'il étouffe mal, lui propose d'en rester là, il est décidé à ne pas abandonner la partie, à dire son amour, à témoigner de son désir, à jouer sa chance, à l'emporter s'il est encore possible de l'emporter. Pour peu que la fille se montre collaboratrice, il remonte la pente.

L'atmosphère aventureuse est péniblement restaurée. Enjoué, charmeur, épuisé, Gabriel regagne du terrain. L'étrangeté de son attitude n'est pas rédhibitoire, il le sait. Mais le symptôme fait encore rage en lui. Revient le même moment critique : la seconde de l'aveu et du geste. Il avance la main sur le bord de l'assiette. Elle ne retire pas la sienne. Sa main progresse doucement comme un reptile. Il sue à nouveau. Elle parle. Il n'entend pas. Pousse de l'intérieur de lui-même cette main absurde qui blanchit et devient moite, excroissance amorphe, prothèse de chair vile à la lourdeur désespérante. Elle laisse la sienne à portée, délicieuse, fine, immobile. En attente. Elle veut. Il le sait. Elle a envie. Il le sent, transpire à flots, gargouille, blêmit, avale de travers, c'est reparti. Le voilà pris de la même panique, secoué du même spasme, c'est pas vrai, ça n'en finira jamais. Nausée-marée montante. Il recommence à déglutir farouchement, prend sa bouche, s'agite, se lève, joues gonflées, dilatées à l'extrême, s'excuse des yeux, s'enfuit pour se vider à nouveau.

Seuls une complète évacuation et un renoncement sincère à toute tentative de conquête le rendent à lui-même, lui ouvrent enfin un présent vivable, dénoué, presque hospitalier. Il doit alors s'expliquer.

Gabriel ne se résout pas à la vérité, fait croire qu'un irrépressible accès de désespoir l'a submergé, qu'il s'en est allé pleurer un gros sac de larmes. Cherchant à convertir l'atmosphère audacieuse, qui lui réussit mal, en une amicale chaleur, propice à la franchise des confidences, il s'empare d'une triste anecdote familiale, qu'il corse. Apitoyer son interlocutrice, s'envelopper avec elle, innocemment, sous un dais de tendresse fatiguée, délestée, songeuse, l'amener à entreprendre elle-même de le consoler, lui laisser faire le travail d'approche, se retrouver dans ses bras comme malgré soi, voilà le plan. Il le conduit une troisième fois aux toilettes.

Les subterfuges, les martingales, les atermoiements, les diversions, la plupart du temps sont inefficaces. Rien n'empêche la sensation nauséeuse, la contraction de l'œsophage, le hoquet du diaphragme, l'atroce remontée viscérale, l'expulsion. Devant la fille, à ses pieds, si je puis dire, il lui arrive de tout rendre.

Lorsque le phénomène se produit au cours d'un de ces dîners stratégiques, Jacques Restif ne peut rien contre. Impuissant, il assiste aux premiers symptômes, enjoint à Gabriel de ne pas attendre la limite, de prendre le taureau par les cornes, de filer tout de suite aux toilettes, à l'étage ; il monte la musique, occupe les jeunes filles, baratine, voit revenir un pauvre Gabriel souriant et livide, qui souvent renonce, lui jette un regard suppliant ; Jacques, comme il peut, met un terme à la soirée.

Gabriel voit donc l'amour comme un calvaire. Une série de menus faits pratiques et mentaux qui l'amènent inexorablement à la contemplation d'une lunette de faïence. Où se déverser à gros jet.

Son éducation sentimentale est une interminable suite de tâches imbriquées, minuscules, décisives et angoissantes jusqu'au dernier vertige, qui annule et renvoie la série à son début, le forçant à tout recommencer.

Entreprendre une jeune fille, lui parler, se distinguer, par l'humour, l'intelligence, les connaissances (voilées, modestes, précises, n'offusquant pas les siennes), la gentillesse, la faculté d'écoute, obtenir et faire des confidences, rechercher un premier isolement propice, en provoquer un second, laisser venir à la conscience de la personne qu'on se trouve bien ensemble, par la grâce du hasard et des connivences sensibles, suggérer de se revoir en attendant que cela coule de source, téléphoner, une fois, deux fois, établir un petit fil de conversation légère, préliminaire à la demande de rendez-vous, formuler celle-ci avec à-propos, délicatesse et sentiment, non sans affecter une pointe de détachement, réfléchir à une date, un lieu, proposer une date, un lieu, décider d'une date, d'un lieu, de préférence à Paris, tâcher d'esquiver le restaurant, ne pas pouvoir esquiver le restaurant, ressentir à peine le restaurant désigné la première morsure du symptôme vomitif, attendre le jour du rendez-vous, se préparer au rendez-vous, s'habiller pour le rendez-vous, partir, le cœur déjà lourd, gluant, sueur au front, fatigué, douloureux, prendre le train jusqu'à Paris, voir défiler les stations du calvaire, Saint-Cloud, la Défense, passer Nanterre, Le Val-d'Or, Asnières, à toute vitesse, regarder, apercevoir, deviner ces milliers d'êtres qui s'en retournent chez eux, dans leur bienveillante, sainte et enviable routine, dont il s'extirpe si imprudemment, où il sera inévitablement renvoyé, déçu, amer, soulagé (à moins que), s'étonner qu'ils puissent — ces semblables dont l'humanité lui est absolument étrangère — franchir tous ces obstacles devant lesquels il est à deux doigts de s'effondrer aujourd'hui, rencontrer leur fiancé(e), coucher avec, se reproduire, fonder des familles qui s'entasseront dans ces milliers, millions d'immeubles défilant jusqu'au dégoût, penser à elle, la jeune fille redoutée et adorée, continuer (maintenant, se dit-il, je suis embarqué), réduire mentalement ses ambitions, pour tenter de se calmer, sombrer dans l'apathie, un mauvais sommeil tentateur, sentir toutefois l'aiguillon amoureux, l'horrible nausée clapotante, le désir que l'Empoté compare alors à un épouvantable crapaud arpentant boyaux et organes, tâcher de n'y pas penser, ne faire qu'y penser, vouloir vomir avant, ne jamais y parvenir, se sentir immensément faible, n'ayant rien mangé, entrer dans la gare Saint-Lazare, endurer l'épouvantable stridence du freinage, son grincement dont s'étire démesurément et sadiquement la plainte, puis recevoir au cœur le coup d'arrêt définitif du train, sortir, parler tout seul, imaginer sa mort, plusieurs morts, la mort des siens, sa mort à elle, qu'il en viendrait à souhaiter, puis le métro, la fièvre, le chaos bruyant, la foule du soir, plus épaisse, plus indifférente, issue des plus misérables coïts, les stations, à nouveau, coup d'œil à la montre, léger retard peut-être, arrivée à Strasbourg-Saint-Denis, comateux, essoré, foutu, riant bien un peu de tout cela, c'est drôle à raconter — en rire avec elle ? —, marcher dans sa sueur, pantalon collé, effacer les tempes d'un geste, ralentir le pas, derniers mètres, le café, la vitrine du café, gens attablés, la voilà, sa beauté immédiate, retrouvée, oppressante — déglutissement —, petit geste de la main, sourire — nouveau déglutissement —, ouverture de la porte, « Comment vas-tu, bien, bien, et toi, bien, bien, je me disais, oui, non rien, pardon, oups — Ça va ? — Oui, oui. — Tu es tout pâle ! — Ah bon ? — Tu es sûr que ça va ? — Je suis un peu fatigué en ce moment. — Je comprends. — Et toi ? — Oui, ça va… Je suis un peu intimidée… — Pardon ? — Je suis un peu intimidée, on ne se connaît pas très bien, mais très heureuse… — Non, non, c'est moi qui… Oups… — Mais ça me fait extrêmement plaisir de te voir… — Extrêmement plaisir ? Oups… Il ne faut pas… Non, pitié. — Comment ?… Mais ça va ? — Tu… tu préfères le rock ou la musique classique ? — Pardon ? — Non, rien… — Qu'est-ce que tu veux manger ? — Rien, non, si, oups. Excuse-moi, oups, je dois, oups, pard… — Mais qu'est-ce qu'il t'arrive ? — Ne t'inqu… Oups-Oups-Oups… je dois… Ah ! »

Il n'y a que le temps, le temps qui passe, le temps qu'on ne force pas, qui peut quelque chose pour lui.

Il faut aussi que certaines circonstances le prennent au dépourvu.

Dans cet appartement de Jacques Seberg, près de la place de la République, un soir d'août 82, Gabriel n'attend rien de spécial parmi les invités d'une petite fête. La plupart des gens ne se connaissent pas. Il y a bien Jacques Restif, qui désigne à Gabriel d'éventuelles cibles. Gabriel n'a d'yeux que pour Jacques Seberg et Patrick Jouan.

Ils sont drôles, prévenants, amicaux, séduisants.

Rien ne fait obstacle à leur appétit, à leur audace de vivre ; ils ont envie de danser, ils dansent, ils veulent prendre la main d'une fille, ils s'en saisissent, lui sourient, lui parlent, elle rit, danse avec Patrick, par exemple, laisse flotter sa main, il avance la sienne, elle y glisse cette main qui n'attend que ça, ils s'enlacent, se défont, dansent l'un en face de l'autre, se rapprochent, s'enlacent à nouveau, il la fait tourner, attrape un verre au passage, boit, repose le verre, la reprend à la taille, dans le même mouvement, le même rythme, tout s'accélère, tout est vie et vitesse, il n'y a pas de rupture entre le jeu et l'amour, c'est déjà de l'amour dès le premier regard, et encore du jeu au moment du baiser, qui a lieu, là, en plein milieu de la piste, et pourquoi pas. Du grand art. Jacques Seberg, de son côté, tient fermement dans ses bras une petite rousse hilare, joueuse, magnifique.

L'Empoté les regarde avec une admiration dénuée de la moindre jalousie. Il ne se soucie pas de lui-même, ce soir, rit aux éclats des plaisanteries que Jacques Seberg prodigue à tout instant à tout le monde, sans lâcher la petite rousse. Jacques Restif, songeur, près de Gabriel, son poulain déficient, contemple aussi les champions. Le spectacle le consterne, il s'en va se coucher, la soirée tire à sa fin, il n'a pas que ça à faire.

Gabriel n'a qu'à peine remarqué une jeune femme, qu'il connaît un peu, c'est une secrétaire de la banque UBP, où Restif, Seberg, Jouan et lui font ensemble un stage. Minuscule, un peu boulotte mais proportionnée, sexy en diable, grands et longs yeux de biche mutine, elle sait très bien ce qu'elle veut.

Elle s'assoit en face de lui, se penche, l'embrasse. Il n'a pas même le temps de considérer la situation, de mesurer l'ampleur de son étonnement, d'écarquiller les yeux à l'infini. Il les referme, s'installe tranquillement, confortablement et gentiment dans ce baiser limpide. Langue par-ci, langue par-là, tout coule de source. Aucune arrière-pensée. Dans son ventre, c'est la paix.

Plus grand monde dans le salon. Trop de lumière. Ils choisissent une chambre vide, sombre, volets clos. La chose se fait dans le noir, un peu hâtivement, non sans douceur.

Au petit matin, Gabriel est tout surpris de se sentir du pareil au même.

Voix de mon amour

Chant. Là-haut, soprano. Les contours de la bouche. Fil d'or. Ange de la voix, hors des contours de la bouche. Chant. Un petit air frais sur les fleurs. Pois de senteur. L'ange, le fil. Ce qui rit dans les yeux rit dans la voix. Déserte la chambre demeurée blanche. « Le vent de Belgique, triste et mélancolique… Les fancy fair à la fraise… » Chanson de Souchon, qui passe.

Blan*che*. Bou*che*. Prononce les *ch*, en finale, en tombée volante, comme les plis d'une robe de Christian Lacroix. Je veux tout enfermer dans la boîte minuscule de mon amour.

Vivacité. Et refus. Rire clair. Accent comique. Et refus. Goutte sombre de l'œil, qui condamne, refuse, dit non. *Non*. Refus gracile et définitif. Retirée chez soi, en ses simples et petits appartements.

Guetter un accent. Aigu, exquis, exigu. Fin et ramassé. Énergie farouche, inquiète, ramassée. Un accent dont je suis le gardien. Gardien d'un temple volatil, diaphane, purement sonore. Je garde en moi le résidu, l'écho de cristal de cet accent. Entendu. « Je vous ai aimé, rien au monde ne m'a été aussi cher que vous. » *Je vous ai ai-mé.* Légère brisure sur la syllabe *ai.* Frêle dissonance. Robe rouge. Rouge écarlate, reflets violets. Elvire, dans *Dom Juan.* 2002 ou 2003. Pas menus. Entrée muette, sans un bruit sur les planches. Ni le moindre souffle. Mains ouvertes posées, doigts fins écartés un peu sur le sang noir, la myrtille de la lourde robe.

Avancée. *Je vous ai* brisure, à peine *ai-mé.* Cœur fendu.

VOIX DE L'EMPOTÉ
(seconde partie)

Des voix anglaises causent, babillent au jardin. En Bretagne. À Trébeurden. Une photo l'atteste. Des femmes entre elles. La scène se répète, plusieurs étés de suite. Gabriel, alors tout petit, entend indistinctement sa mère et sa grand-mère assises dans les fauteuils d'osier — autour d'elles : fleurs, massifs de rhododendrons, bouquets d'hortensias —, il n'entend que des femmes, jeunes et âgées, elles parlent anglais, ce sont des Anglaises, sa Maman et sa Mamie leur parlent en anglais, il y a les Mills, les Wilson, leur accent est très pur, lui entre dans l'oreille, elles parlent, ça le fait jaser et babiller à son tour, il n'y comprend rien, il se croit protégé par cette langue, cherche refuge dans cette langue.

En sixième, Gabriel compose, fou de bonheur, des sketchs en anglais qu'il joue et met en scène avec ses camarades de classe. Ravissante, joyeuse, idyllique, madame Pepin Le Halleur se tord de rire et lui accorde des notes flamboyantes, il babille un anglais répétitif et abstrait *What's this ? is this a dog ? yes it's a dog, is it an armchair? yes it's an armchair*, s'imagine béni et chéri des dieux. Sa maman, elle-même professeur d'anglais, s'émerveille de la précision de son accent.

En 1977, les enfants des Wilson emmènent Gabriel à Wimbledon, *All England and Tennis Court,* jardin d'éden immense, soigneusement délimité, théâtre vert délice, où les balles jaunes Slazenger jaillissent des raquettes de Borg, McEnroe, Connors, Gerulaitis, Roscoe Tanner, Virginia Wade, Bob Hewitt, Phil Dent. *Fifteen fourty advantage Borg, deuce, game to Borg*, après-midi entier dans la voix du commentateur, après-midi entier dans les allées enchantées, verdure, fraises écarlates, lignes blanches, palissades. Billie Jean King s'entraîne, claque d'extravagantes volées à ras du filet, en causant, babillant avec Martina Navratilova.

Ébloui, de retour, tout l'été, Gabriel joue au tennis en s'armant d'un tuba de plongée, qu'il brandit pour le service, ployé sur ses jambes, jetant en l'air sa main vide, bruitant les balles, *pah-poh, pah-poh, pah!* Il sonorise même les applaudissements en formant dans sa bouche un petit creuset salivaire qu'il fait bouillonner entre les muqueuses. Il s'isole, pousse les cris de Connors, mime les fureurs de McEnroe : s'arrête, proteste violemment, lève ses yeux courroucés vers le ciel où il se figure un arbitre perché, *The ball was out! What? Didn't you see it?* Il se perd en injures, invente des mots, mélange tout ce qu'il sait d'anglais, dit n'importe quoi, tout y passe.

Des années, des années après, Gabriel ne parle pas anglais, ou mal, un anglais laborieux et emprunté ; en revanche, s'il est seul, livré à ses fantômes comiques, il parle un sabir fait de citations de livres, de pièces, de films, de riens anglais entendus ici et là, de mots ficelés et agglomérés, de morceaux mâchonnés, *chewing-gum*, c'est le cas de le dire, gomme mâchouillée pendant des heures, verbe dépouillé de tout sens, allègre flot dont il surprend à ses lèvres la chanson toujours déjà commencée *Oh when the saints go marching how are you good fellows in Xanadu did Kubka Khan a stately measure dome decree where Alph the sacred river ran from home and land measureless to man whether t'is nobler in the mind, to suffer the slings and arrows of outrageous fortune to die to sleep no more perchance to dream hey there's the rub you've got a fight with Wilcox at ten Rusty James never anybody looked so sad oh the young lady with a dulcimer frost at midnight if music be the food of love play on...*

Words, words, words, il reconstitue sans doute, ainsi se l'imagine-t-il, se plaît-il à l'imaginer, ce bloc, non, cet entremêlement, ce boisseau, ce faisceau floral et vocal qui, dans ce jardin de Bretagne, dans le jardin de Versailles, rue Gallieni ou au Trianon, au grand canal ou dans les bosquets, dans le jardin de Wimbledon, dans tous les jardins, l'entoure aux premières heures de petite enfance, et d'où sa voix est sortie, sortie d'entre ces voix tendres et incompréhensibles, affectées et rassurantes, poussant ses premiers cris, débitant son premier blabla, bavant ses premières phrases, ses premières balivernes, au milieu de ces dames *so British*, de ces accents guindés et comiques, un peu nunuches — « cucul la plume » ou « cucul la praline », aurait dit sa grand-mère —, voix anglaises, voix aimées, voix partagées que la voix de l'Empoté, longtemps cucul la plume elle-même, fluette, nasale, grimpant dans les narines à la première émotion, ne peut s'empêcher de retrouver, d'imiter, envahissante et changeante, quand sous l'effet d'une angoisse, d'un espoir, d'une trop grande joie, elle se met, pour elle-même, à vouloir se dire, s'enfuir et se volatiliser tout entière — se vomir ?

Les jardins. Il pense à tous les jardins depuis toujours. Rue Gallieni. Le jardin de la maison. Le parc. Les immenses jardins de Versailles. Le petit Trianon. Les petites montagnes. Les grottes, l'eau, l'ombre, la fraîcheur, les bosquets, la campagne du côté de la ferme de Gally. Le grand canal, les hautes herbes, la bordure de pierre où s'asseoir, tout près de l'eau verte qui sent la vase. Un jour, Bastien, son frère aîné, tombe de l'esquif — il fait de l'aviron. Les vélos par centaines autour du grand canal. La côte au bout de l'aile ouest, sèche, courte, pentue, casse les jambes, à bicyclette, quand on ne prend pas assez d'élan. La Flottille, restaurant, salon de thé, gâteaux, crème Chantilly, grands-mères, embarcations amarrées, blanches, comme un troupeau de cygnes gras attroupés. Les champs derrière l'Hôtel Trianon, les moutons, quelques chevaux à nourrir de pain, de feuilles, d'herbe, par-dessus la haie de fil de fer torsadée. Une allée s'en va vers Saint-Germain. Une allée s'en va vers le bassin de Neptune. Une allée plus courte, l'allée des vélos, s'en va vers le grand Trianon. L'histoire sanglante du petit Maillard. Retrouvé étranglé au fond du parc. La pièce d'eau des Suisses. Jeu de balle aux prisonniers avec les camarades de classe. Des pêcheurs. Gabriel se demande quels poissons peuvent bien se mouvoir, à tâtons, dans cette eau également vaseuse, épaisse, fermée. Sûrement pas bons. La pensée l'écœure un peu. Il n'aime pas le poisson. Bastien le déteste. Scènes terribles et oubliées, avec cris, pleurs et gifles, parce que Bastien ne finit pas son assiette. Répugnantes miettes de poisson, bouillies et refroidies, coulant de la langue, des lèvres, tombant sur le bord de la table, pendant qu'il hurle.

L'orangerie.

Les jardins ouvrent sur d'autres jardins.

Dans ces jardins-là, tout est favorable à l'amour. Les jardins sont d'immenses salons où l'on parle d'amour, où l'on doit parler d'amour, où parfois même on le fait, où il se devrait de le faire. Il l'écrit dans ses poèmes et dans ses proses.

Lui reviennent en foule les images trop vives des émois empêchés, des quêtes passionnées qui n'aboutissent pas, des soirs tombants, attardés, propices, où sans trop rêver il serait possible de boucler des histoires déjà bien engagées, de les mener à bon port, d'obtenir ce dont il meurt d'envie, et n'y arrive pas, gauche, hébété, froussard comme pas deux. Toujours affligé de son mal particulier, de sa nausée d'amour, malgré le dépucelage.

Émile, son frère cadet, a de l'audace et du succès, très tôt, très vite.

C'est la fin d'un des premiers jours d'été dans le parc de Versailles. Anne-Bénédicte en personne — Gabriel n'en croit pas ses yeux — marche à son côté. L'Empoté voit le soir descendre autour d'eux, monter les parfums. Le ciel propose des teintes bleu-rouge, mauves, la saison offre ses plus amples douceurs, les lieux fournissent au gré de la promenade les mille recoins favorables, où tant de couples se disent les premiers mots, font le premier geste, échangent le premier baiser ; il sent tout cela ; le voit, s'en charge le cœur, adore à crier Anne-Bénédicte, marchant, silencieuse — et il ne fait rien ; il va toujours, de sa voix policée, éduquée, celle dont il use pour parler à sa grand-mère, aux vieilles et bonnes dames catholiques, babillant et racontant de très menues, de très inconséquentes anecdotes plus ou moins bobardées, dont il n'escompte en retour qu'un rire tout aussi inconséquent, surtout que rien n'engage à rien, redoutant et augmentant le vide, la panne qui s'insinue entre eux, elle ne faisant pas d'effort, ni dans un sens ni dans l'autre ; lui se démène, cherche des sujets, des plaisanteries, des pensées, des révélations, tout, mais rien à faire. La fureur croissante de son désir entrave la conversation de temps morts, de syncopes, de malentendus et de bredouillis.

Survient le moment viscéral. Déglutissements, suées, tremblements, hoquets, rien ne change, on connaît tout ça par cœur. L'avantage, c'est qu'il connaît bien les étapes de son martyre. Il sait même l'interrompre, s'il ne peut empêcher la crise. Donnant libre cours à ses soubresauts gastriques en s'écartant un peu de la jeune fille, il prolonge indéfiniment les promenades dans les bois, les forêts, les jardins, de préférence à la tombée du jour. La marche favorise la domestication du processus.

La nuit chaude et charmante vient tout à fait. Le parc ferme ses grilles; ils se laissent surprendre. Aubaine magnifique. Il n'en fait rien, s'inquiète. Anne-Bénédicte le trouve positivement godiche et mal élevé : à la disparition progressive et maintenant totale des visiteurs, elle comprend que le parc est fermé depuis un bon moment; si elle permet que le temps passe, c'est bien qu'elle est prête à s'offrir! Ne le devine-t-il pas, cet imbécile? L'Empoté n'esquisse pas le moindre geste, poursuit ses sottises, voix aigrelette, riante, se voulant comique (il réussit à juguler pour un bon laps de temps son malaise), cherche la sortie, se hâte, propose sa veste, qu'elle ne soit pas incommodée par la petite fraîcheur. L'idée lui vient de la prendre dans ses bras, mais seulement l'idée. Il s'éloigne d'elle au contraire, craignant qu'elle n'imagine un piège égrillard. L'obsession de plaire, d'être sympathique, sans méchanceté ni arrière-pensée, fait le fond de son caractère. La peur des femmes, tout simplement, conclut-il. Il faudrait qu'elle se jette sur lui, lui arrache baiser sur baiser, ou l'embrasse comme la secrétaire de l'UBP. Alors peut-être. Mais ne cesserait-il pas aussitôt de l'aimer ? Dans ses réflexions délicates, maniérées et prudes, sûrement. Ils trouvent la sortie. Un gardien les apostrophe. Il se confond en excuses, joue l'innocence, tâche de faire encore de l'esprit, de sa voix toujours plus exaspérante à force de légèreté feinte, de gentillesse contrariée. Quémandant la permission de franchir les grilles avec une excessive politesse, comme s'il encourait une punition sévère, il a l'air encore plus bête et plus décourageant que jamais aux yeux d'Anne-Bénédicte, qui voit le préposé sourire en coin. Envolée, l'occasion, l'aventure, la conquête ! Nuit d'amour perdue ! Il la raccompagne à la gare, sous la blancheur désagréable des réverbères jalonnant tout du long le chemin. Gabriel se sent libéré de son symptôme. Soulagé, il résout de ne rien tenter qui soit de nature à réveiller la bête nauséeuse domptée en lui-même. Une autre fois plus propice, il saura déclarer son amour — Gabriel ne sait au juste par quel miracle — à Anne-Bénédicte. L'esprit dégagé, les viscères en repos, l'Empoté se laisse envahir par d'autres pensées.

Il imagine nu ce corps qui marche encore près de lui. Bientôt un lit solitaire — Gabriel sait qu'elle vit seule et cherche fiancé — va recevoir ce corps qui, du moins pour ce soir, se dérobe aux caresses frénétiques dont sa conscience lui fournit en foule, malgré lui le submergeant, les images de plus en plus précises, de plus en plus détaillées, de plus en plus obscènes, tandis qu'ils vont se taisant, lui ne parvenant plus à faire l'effort de ranimer toute gaieté, elle décidant de l'abandonner une fois pour toutes à son invraisemblable manque d'initiative. Ils se saluent civilement. Anne-Bénédicte élude la date éventuelle d'un prochain rendez-vous, malgré la timide insistance de l'Empoté. Ils s'appelleront.

Retournant chez lui, pris de remords, il s'emporte. Entrecoupant sa méditation rageuse et sa respiration bruyante (il imprime à sa marche un train rapide), c'est la même injure qui retentit à intervalles réguliers sur la place d'Armes obscure, déserte, immense : « CONNARD ! CONNARD ! CONNARD ! »

Émile n'attendrait pas le premier bosquet pour emporter l'affaire, le morceau.

Bastien profiterait de la situation aussi, à retardement peut-être, après des suées d'angoisse, une timidité violente, des arrêts brutaux dans l'audace, mais il ne ressortirait pas aussi sot qu'il serait entré. Il ne manque pas de courage. Il adopterait d'autres ruses. Gabriel ne les imagine pas. Et Gabriel se dit que là commence Bastien, là Bastien est absolument impénétrable à Gabriel.

Quant à Louis, qu'il appelle toujours son « petit frère », bien qu'il n'ait plus douze ans depuis vingt ans, Gabriel n'en sait rien, encore aujourd'hui. Il ne lui demanderait même pas.

Les jardins ouvrent sur d'autres jardins : jardin à la française, protégé, enclos dans les fines barrières, très basses, interdisant plus qu'empêchant de marcher sur le gazon ras. Haies de buis taillées au carré, piquantes, rigides, où l'on ne peut ni se cacher ni s'appuyer, inutiles ornements, agaçants et mesquins obstacles aux amusements qu'ils contrarient. Devant le château à perte de vue, les petites allées tracent d'ennuyeuses promenades entre ces délimitations géométriques. Il faut descendre plus bas, vers le canal, et au-delà, pour trouver les aires de jeu à leur convenance.

C'est bien plus tard que l'Empoté aime cette partie des jardins du Roi, précisément pour ce qu'elle offre de géométrique, de ciselé, qui lui semble du meilleur goût. Il choisit un banc de pierre isolé, s'assoit livre en main, souvent aux premières dorures du soleil déclinant dont il apprécie la lumière. Elle ennoblit ce moment. L'Empoté s'extirpe de son pot. Le voilà à son aise. Les jardins sont des salons où l'on s'adonne à la lecture.

La lecture des grands auteurs, des classiques, dans l'ordre hiérarchique. Cet ordre importe peu ; il varie souvent ; en fait, c'est lui, Gabriel, qui le détermine. En tête du palmarès, se trouvent souvent Proust, Chateaubriand, Stendhal. Et Balzac. Et puis plus Balzac, remplacé par Céline, puis par Rabelais, parce qu'il faut un auteur ancien dans les premiers noms de la liste. Y manquent le XVIIe et le XVIIIe siècle. Il ajoute Diderot, Molière, Racine. Exclut momentanément Corneille, auquel il ne comprend rien. Remet Corneille, après avoir lu qu'un esprit avisé ne pose pas de préférence entre Corneille et Racine. Lui prend la fureur d'ajouter soudain en tête de liste un grand inconnu — inconnu du vulgaire —, un Desmarets de Saint-Sorlin, un Louvet de Couvray, un Maurice de Guérin, un mémorialiste oublié, Bassompierre, le prince de Ligne. Il s'avoue péniblement qu'il n'a encore rien lu de ces deux derniers. Revient au livre qu'il tient ouvert. Le soleil tombe au loin, au bout du canal, splendeur absolue. Il ne contemple pas cette merveille trop longtemps : elle finit par lui serrer le cœur. Trop beau, trop grand. Il faudrait être deux amoureux pour en profiter avec bonheur. Anne-Bénédicte ne le rappelle pas. Il baisse les yeux, légèrement aveuglé par les rayons rasants, et poursuit sa lecture jusqu'à être incommodé par la pénombre et la fraîcheur, qui commence à gondoler le bas des pages. Il a vingt-deux ans.

Il va seul, sans aucun de ses frères. Émile ne l'accompagne que bien plus tard, malade. Bastien va de son côté. Il y a quelque temps que leurs jeux diffèrent, qu'ils recherchent l'un et l'autre ce qui leur est propre, et que l'entente, toujours aussi bonne, aussi féconde, réclame aussi qu'ils se désunissent. Louis est trop petit encore.

Mais le jardin dont il faut parler c'est celui du dedans, rue du Maréchal Gallieni. Enserré sur ses quatre côtés par l'immeuble lui-même, de quatre étages, par un haut mur de vigne vierge à gauche, un autre en face d'où dépasse une belle rangée de peupliers plantés dans le jardin mitoyen, et par un dernier mur à droite, blanc cassé, surmonté d'un bord tuilé, par-dessus lequel s'aperçoit l'immeuble voisin. Il ne change pas de configuration en cinquante ans. Grande étendue de gazon. Gabriel étendu sur cette étendue regarde les sillons de fumée blanche des avions à réaction, tout là-haut dans le carré de ciel. Une girouette en forme d'écureuil, sur le toit de l'immeuble voisin, domine la situation, intrigue toujours. De sa chambre au premier étage, Gabriel embrasse d'un regard tout le jardin. À gauche, la luxuriante vigne vierge. Le saule pleureur. Le massif de lilas. Le gazon vert famille. Le massif de rhododendrons, aux grosses fleurs épaisses, collantes, profuses. Derrière cette végétation gisent, enterrés par les enfants, tous les petits animaux domestiques, oiseaux, perruches, écureuils, hamsters, lézards. À droite, le jardin est limité dans sa longueur par l'allée pavée des *caboins*. Rencontré nulle part ailleurs, ce mot désigne les anciens box à chevaux, devenus garages à vélos. Les lourdes portes sont renforcées, sur le vantail intérieur, par d'épais bastings qui forment un Z inversé, sur lesquels aiment à grimper Bastien et Gabriel, pas bien haut. En face, la rangée de peupliers le renseigne sur le vent. En bas, à l'aplomb de sa chambre, une surface pavée délimite le jardin lui-même, dont la pelouse ne commence qu'une fois franchi le petit muret de pierre grise, blanche, accidentée, bordure sur laquelle on s'assoit toujours, attendant que l'un ou l'autre revienne, quand on est à la porte et qu'on préfère attendre en bas. On y discute entre copains, frères et sœurs, cousins et cousines, membres de cette même famille qui se distribue entre les différents étages. On se repose un instant d'avoir joué au ping-pong — aux beaux jours, une table occupe l'espace qui sépare le hall du terre-plein gazonné. Parfois, on reste là pour rien, n'attendant rien, sinon que les heures passent. Assis sur cette pierre, Émile avoue un jour à Gabriel qu'il n'en peut plus, qu'il veut en finir, que sa vie n'en vaut pas la peine. Gabriel découvre son frère comme il se refuse toujours à le voir : piégé, anéanti, promis à la mort. Il le contemple d'un rivage à l'autre, séparé de lui par une distance que rien ne réduit, malgré la fraternité, l'identification, le partage des heures les plus noires, les serments, la promesse de l'aider, de l'en sortir, de l'emmener chez lui — Gabriel n'habite plus Versailles et s'en félicite —, de lui faire apercevoir un avenir forcément meilleur, ça ne peut pas être pire.

Du paradis d'enfance, il ne reste bientôt plus rien. Tout va s'obscurcissant.

Sur une petite photo à bordure dentelée, prise dans ce jardin, Gabriel regarde la très future mère des quatre garçons dont il est le cadet. Elle a quatre, cinq ans, et tend son doigt vers l'appareil. Petite jupe blanche sur fond de vigne vierge en floraison. Accroupie, l'enserre très affectueusement une femme généreuse et enveloppée. Elle désigne à l'enfant la personne qui les photographie, lui enjoint vraisemblablement de sourire, et de bien regarder l'objectif. Elle masque sa timidité derrière ce zèle à concentrer le regard de la petite fille. Nénène, la gouvernante, accompagne la famille durant toute l'Occupation.

Grandissant, écoutant les récits de leur mère et de leur grand-mère, les garçons imaginent la guerre entrée dans l'immeuble familial, lequel est réquisitionné par les Allemands pendant l'exode de juin 40. Revenant plus tôt que tous les autres, seule avec sa petite fille, son mari étant prisonnier, Odette, leur grand-mère, trouve son appartement habité par quelques officiers de la Wehrmacht. Toute la maison résonne des voix des soldats qui prennent, à tous les étages, leurs quartiers confortables. Elle a peur, se réfugie à l'autre bout de Versailles, dans l'appartement de ses beaux-parents, dont elle a la clef. Le lendemain, elle revient, demande la permission de récupérer sa demeure. On l'interroge un peu. Que fait-elle ? Où a-t-elle passé la nuit ? Elle se débrouille, les persuade, rentre chez elle, tenant sa fille par la main.

Dans cette famille, les femmes sont moins empotées que les hommes, pense Gabriel.

Les garçons restent songeurs, voyant, entendant les officiers rire, chanter, se laver, dans leur propre jardin. Ainsi se font-ils une image concrète de l'Occupation.

Allongé sur la pelouse, rêveur, de combien d'avions à réaction ne contemple-t-il pas le sillon blanc, très haut, tout là-haut, dans le jardin inversé que les hauts murs configurent dans le ciel parfaitement bleu et vide, et dont la trace rectiligne se disloque peu à peu en bande de petits mouchoirs ?

L'été, provenant des téléviseurs allumés aux différents étages, résonnent dans le jardin, à peine atténués par la chaleur, les claquements secs des balles de tennis. C'est l'époque de Roland-Garros.

Un jour, une armada féminine envahit la pelouse. Gabriel et Bastien y sont installés pour des jeux naïfs — invention de radeau imaginaire sur l'océan de gazon, combat d'épée, joute à cheval, pony express — que malgré la venue de l'adolescence ils prolongent imprudemment et interminablement. Bronzées, heureuses, volubiles, commentant un match dont elles reviennent, ces amies de leur tante désirent profiter encore du soleil. Se mettent en maillot de bain. La révélation subite de leur beauté déroute les deux frères. En les saluant gauchement, osant à peine les regarder, ils remballent leurs jouets, qu'ils affectent de délaisser, de subitement mépriser, veulent quitter le jardin, éprouvant un sentiment confus de capitulation honteuse et de conscience brutale du temps qui passe. Elles évoquent le joueur Adriano Panatta, leur préféré. Il a fini par perdre. Elles l'ont encouragé fortement tout au long de l'après-midi, chavirées sans doute par le corps, les coups, la vitesse, la puissance, la splendeur de l'athlète, dont les jeunes, maigres et infantiles garçons, ignorant tout du champion, ne savent rien dire. Ils constatent l'effet du charme dévastateur que Panatta exerce sur elles, apprécient la distance qui les sépare de ces femmes, de toutes les femmes.

Pah — poh — Pah! (plus fort) — *Poh!* (différé, plus sourd) — *PAH!* (applaudissements) : cette scansion — bruit des balles pendant un échange conclu par un smash, salué par les spectateurs — rythme absurdement ces après-midi à ne rien faire, au terme desquels une pénible mélancolie attrape l'un ou l'autre des frères, le tenaille, le pousse au jardin qui vire lentement au demi-jour, lorsqu'un de ces matchs interminables trouve enfin son vainqueur. L'oppression de ces *Pah! poh!* lancinants cogne encore dans la cervelle désœuvrée. Gabriel ou Émile, faisant claquer leur bouche, reproduisent le même son indéfiniment, sans même une raquette à la main. Fléchis bas sur leurs jambes, repliant un bras derrière la tête, dressant l'autre vers le ciel, paume s'ouvrant comme si elle jetait la balle, se détendant ensuite de tout leur long, ils finissent par imiter parfaitement le geste du service. Un autre frère les rejoint, le jeu ne prend qu'à moitié. Énervés de faire semblant, ils tâchent de trouver dans un *caboin* de vieilles raquettes de badminton, un vieux volant, et sans plus d'allégresse, jouent mollement, jusqu'à ce que la nuit venue les décourage tout à fait.

Émile y met parfois du cœur. Plutôt de la rage. Se rabroue violemment quand il rate un point. Il en perd dix autres d'affilée, bientôt la partie, se désintéresse, commence une revanche qu'il refuse de poursuivre, irrite ses frères, s'engueule franchement avec l'un ou l'autre, quitte le jardin.

Jusqu'aux années quatre-vingt-dix, nulle tragédie intime ne marque encore profondément cette famille. À l'exception de leurs grands-pères, maternel et paternel, qu'ils n'ont pas connus, les morts sont morts à l'heure où l'on s'y attend, s'y prépare.

Anne-Bénédicte lui écrit une lettre, des années, mais alors, des années plus tard, après la mort d'Émile, qu'elle apprend dans le faire-part du *Monde*. Très belle lettre pleine de tact, de souvenirs, de bonté. Gabriel n'y répond pas, pas plus qu'à toutes les lettres de condoléances qu'il enferme dans une grande enveloppe, se promettant d'adresser un jour — pour l'instant, il ne peut simplement pas — ses remerciements, son émotion, sa gratitude, à tous les amis perdus de vue, aux connaissances lointaines, à toutes ces personnes dont la sympathie profonde le laisse sans voix.

Que dirait-il aujourd'hui à Anne-Bénédicte,

maintenant que dix années encore ont passé depuis la disparition d'Émile ?

La voix de l'Empoté s'est peu à peu éteinte — ou métamorphosée — dans l'intervalle.

Voix des morts

*

Voix de Roland Barthes

On entend toujours affleurer ce qu'il désigne lui-même sous l'expression l'« angoisse de délicatesse ».

La voix découpe les masses, ou plutôt les ensembles signifiants en haïkus.

Avant de laisser divaguer les figures du Neutre, il me semble que je dois dire un mot de la situation du Neutre, dans ma vie présente — car il n'y a pas de vérité qui ne soit liée à l'instant.

Cours au Collège de France. Le Neutre. On entend la rumeur bienveillante des élèves, la ferveur de l'attention, dans la salle pleine comme un œuf.

Je définis le Neutre comme ce qui déjoue le paradigme ; le paradigme c'est quoi ? C'est l'opposition de deux termes dont j'actualise l'un, pour parler, pour produire du sens.

Écoutée en Angleterre, pendant le tournage d'un film, dans une chambre du bel hôtel Cadogan (en tout point miraculeux), la voix de Barthes, lisant, par exemple, Rousseau, à voix haute, pendant que je prends mon petit déjeuner, diffuse, dans l'atmosphère de la pièce, une clarté spirituelle, aux deux sens du terme, à la fois religieuse et infiniment plaisante. *Je ne savais ni qui j'étais ni où j'étais ; je ne sentais ni mal, ni crainte, ni inquiétude. Je voyais couler mon sang comme j'aurais vu couler un ruisseau.* Mon humeur est sans cesse réjouie et stimulée par la douceur du raffinement, du confort, et des saveurs confondues de la voix, de la pensée, de la chambre et du café, dans lequel je trempe une tartine d'une stupéfiante succulence.

Jusqu'à l'affectation, je pousse la cérémonie sonore, anglaise et matinale. Je me fais rire tout seul, en reprenant les accents les plus délicats de Barthes *Le Neutre comme désir* les inflexions suspendues, ralenties, minutieuses *met continûment en scène un paradoxe : comme objet, le Neutre est suspension de la violence ; comme désir il est violence.* Barthes échappe cependant à toute affectation. Tout le long de ce cours si précis dans la conduite de son propos *il faudra donc entendre qu'il y a une violence du Neutre* malgré les sinuosités de l'exposé *mais que cette violence est inexprimable* ; si scrupuleux dans la tension de ses paradoxes *qu'il y a une passion du Neutre, mais que cette passion n'est pas celle d'un vouloir-saisir* si constamment anxieux d'échapper aux détermina-

tions, aux partis pris, à toute voie trop droite, mais plus encore aux attaques de sa profonde mélancolie, dont les leçons successives révèlent le travail souterrain, à laquelle même il accorde sa place dans le système, et c'est peut-être à ce mélange de la mélancolie et de la méthode, à cette acceptation d'un fond irrémédiable de tristesse dans la progression même de la pensée, que la voix de Barthes doit sa beauté, son phrasé généreux, musical.

Entre le moment où j'ai décidé de l'objet de ce cours et celui où j'ai dû le préparer, il s'est produit dans ma vie, certains le savent, un événement grave, un deuil.

Le Neutre : lieu de bienveillance et d'apaisement, de solitude et de détachement, hors du paradigme, des sommations du monde ; lieu de l'amour de la littérature ; le Collège de France, la chambre du Cadogan, la voix de Barthes se superposent. C'est là que ce matin, le Paradis, une petite demi-heure durant, s'entend, se précise, affleure. Paradis naturel et purement sonore, où la mélancolie de Roland Barthes, dont tout le désir est d'entretenir la voix des morts, suscite ma joie, l'émerveillement d'entendre précisément, en moi et hors de moi, la voix de ce fraternel disparu, si profondément capable, dans son chagrin, d'éclairer l'obscur de toute peine.

Lire l'auteur mort est, pour moi, vivant, car je suis troublé, déchiré par la conscience de la contradiction entre la vie intense de son texte et la tristesse de savoir qu'il est mort : je suis toujours triste de la mort d'un auteur, ému par le récit des morts d'auteur… le deuil est vivant.

*

Voix de Bob Wilson

O Mother! (*Hamlet, a monologue*). Accent de douceur absolue, qui dit aussi l'abandon absolu. J'entends, pour la première fois sur une scène de théâtre, quelqu'un appeler sa mère. Hamlet appelant sa mère. Moi appelant ma mère. Moi soudain transporté dans la voix de cet homme là-bas, sur le plateau : grand, main ouverte, doigts écartés, costume noir, impeccable silhouette découpée sur les ciels verticaux et successifs, changeant à la seconde où il referme sa main. Sensation conjointe de l'inouï et du jamais vu. *O Mother.*

J'auditionne devant lui. Il faut chanter un peu, dire quelques mots ou quelques vers de n'importe quel poème, puis reproduire les mouvements qu'il indique. De la manière la plus simple possible, je dois prendre tout mon temps pour aller m'asseoir sur une chaise. *In the simplest way.* Nette, pure, achevée, l'inflexion se propage dans mon esprit, s'établit dans ma mémoire, comme un principe et une injonction absolus. Dorénavant, je veux, je dois tout faire *in the simplest way.*

Le silence sur lequel se pose la voix de Robert Wilson et le silence qu'elle referme derrière elle au moment où elle se tait n'ont de comparable que le parfait mutisme qu'engendre la plus extrême stupéfaction, quand on éprouve, en pleine réalité, à la fois la certitude et l'impossibilité de rêver.

In the simplest way.
O Mother.

*

Voix de Gert Voss

Au Burgtheater, à Vienne, j'assiste à une représentation de *La Tempête*, dans la mise en scène de Claus Peymann.

Aucun effort, aucun excès dans la profération. Le mot « profération » ne serait pas approprié s'il ne s'agissait quand même que de cela, puisque dans une salle de neuf cents places, il faut bien proférer. Gert

Voss parle. Et neuf cents personnes l'écoutent attentivement, scrupuleusement, seconde par seconde, comme on écoute dans la nuit, sans rien perdre. Ce n'est plus tout à fait du théâtre. À la fin seulement, on se souvient que c'est du théâtre. Non, c'est faux, on le sait, bien sûr, à chaque instant, mais on se plaît à imaginer que l'acteur, autour de lui, crée un espace intermédiaire, qui tiendrait autant du théâtre épique que du théâtre de chambre. Gert Voss parle à l'intérieur de notre tête.

Au théâtre de l'Odéon, il joue Trigorine dans *La Mouette*, montée par Luc Bondy. Bouge très peu. Mains d'abord abandonnées, mortes au bout des bras. Voix douce. Voix impeccable. Voix discrète. Dans la scène avec Nina, il ne donne à voir que l'insignifiance et la trivialité du moment, pendant que la jeune fille naïve a foi en l'intensité spirituelle de leur échange. Trigorine, parlant littérature, ne cherche qu'à s'asseoir au plus près d'elle, sur le même transat. Petits mouvements d'approche. Progrès minuscules et savamment dosés. Enfin, il case une fesse contre le bras de Nina. Pousse lentement son pion. Molle, pitoyable et révoltante conquête.

Je suis en haut du théâtre, au deuxième balcon. Tout vient à moi et me parvient des plus infimes déplacements de main, de cuisse, de pied. Et la voix légère de Gert Voss, achevant la plus subtile composition du navrant Trigorine.

*

Voix de Richard Fontana

Me surprend immédiatement, au premier mot que je lui entends dire, au premier geste qu'il déploie — je le découvre, je ne l'ai encore jamais vu —, la modernité de son jeu et de son intonation. Son phrasé découpe le texte avec une insolence juvénile, une toute fraîche arrogance : ainsi m'apparaît-il dans *Hamlet*, monté par Vitez. Dans *Le Menteur*, par Françon. Dans *Lorenzaccio*, par Lavaudant. Certains mots sont décalés dans l'inflexion, comme retirés de la syntaxe, extraits du sens général, et légèrement perchés dans l'aigu. Précédés et suivis d'un temps de suspens, ils atteignent d'abord musicalement l'oreille du spectateur ; maniérisme qui me séduit toujours, autant qu'il me laisse perplexe, parfois irrité, quand, à la Comédie-Française, je juge que l'emporte en lui le sociétaire talentueux et capricieux, frivole et virtuose, sûr de ses ennemis autant que de ses amis. Dans la *Bérénice* mise en scène par Grüber, l'alexandrin parlé calmement et posément — silences musicaux entre les groupes de mots — lui rend sa pure noblesse, son cristal.

Dans *La Fausse Suivante* montée par Jacques Lassalle, la maladie dévore tout, boit tout, chair et sang, laissant un pauvre visage blême, à même l'os. Tout, en lui, est martyrisé, détruit, agonisant, sauf la voix, dont la lassitude elle-même est moins le fait clinique d'une diminution de force qu'un consentement moral à finir bientôt — ce qu'à le voir on ne peut pas ne pas penser —, si bien qu'il élève, sur le désastre de sa mort prochaine, la perte de sens, le scandale du sida qui frappe tant de jeunes gens naguère aussi insolents et fringants qu'il le fut, un édifice vocal d'une absolue dignité, d'un courage de héros.

*

Voix de Marcel Bozonnet

Calme régnant, sonore, sans forcer, dans la douceur d'un ressac.

Arrêtons un moment un temps *La pompe de ces lieux* temps plus long *je le vois bien, Arsace* autre temps à peine moins long *est nouvelle* un court suspens, et plus bas *à tes yeux.*

C'est le début de *Bérénice*, dans la mise en scène de Klaus Michael Grüber, en 1984, à la Comédie-Française.

Grand, large d'épaules, queue-de-cheval, diadème, Antiochus marche dans la pénombre de l'avant-scène. *Il est temps que je vous éclaircisse / Oui, seigneur, j'ai toujours adoré Bérénice* sa silhouette patiente, veille, s'inquiète, écoute, se désespère, dans le plus grand calme. Ample diction du vers *Ses yeux baignés de pleurs demandaient à vous voir* mené paisiblement à son terme *Je suis venu Seigneur vous appeler moi-même / Vous êtes revenu. Vous aimez on vous aime* Marcel Bozonnet, sans la moindre effusion, dépose une à une sur une table immense ses phrases suicidaires *J'ai fait de mon courage une épreuve dernière* sans jamais vouloir échapper à son destin d'Ennui *Je viens de rappeler ma raison tout entière* d'Errance *Jamais je ne me suis senti plus amoureux* de Solitude *Il faut d'autres efforts pour rompre tant de nœuds* comme s'il adressait des lettres *Ce n'est qu'en expirant que je puis les détruire* dont il n'attendrait plus de réponse *J'y cours voilà de quoi j'ai voulu vous instruire.*

Ils sont au milieu de la scène, leurs mains se rejoignent-elles ? Leurs silhouettes, grandes ombres bienveillantes et réconciliées, se fondent dans la nuit. Les voix demeurent, les voix seules demeurent. Bérénice salue l'un après l'autre les Princes trop généreux et les embrasse tous deux dans la même pensée consolante et désolée *Ne suivez point mes pas. Pour la dernière fois adieu, Seigneur* Et le *Hélas* final d'Antiochus, consenti, généreux et mat, est une porte qui se referme sans bruit. Un souffle sur une blessure. Une pierre autour de laquelle il a neigé.

*

Voix de Ludmila Mikaël

Toujours dans la mise en scène de Klaus Michael Grüber. Bérénice entre à pas menus, discrets *Ne vous offensez pas si mon zèle indiscret* dans une robe (lamée ?) *De votre solitude interdit le secret* qui l'enserre et contraint sa marche *Est-il juste* elle dépose un mot dans l'air *Seigneur* un autre *que seule* descend d'un ton *en ce moment* puis délivre le vers entier *Je demeure sans voix et sans ressentiment* l'amour le plus tendre monte dans le théâtre silencieux, demi-éclairé. La scène représente un palais. Ce palais, par l'équilibre obtenu entre la scène et la salle, douceur de la lumière diffuse *n'a-t-il rien à me dire* baignant l'une et l'autre cavité, est le théâtre entier dont la rampe ne délimite pas tout à fait les deux espaces. Les voix sont de la même double appartenance, douces, tranquilles, empruntant leur tranquillité à celle du spectateur, dont la silhouette nimbée emprunte à celle du confident, figure muette, attentive, dans la pénombre.

Ludmila Mikaël fait entendre un chant aplani, unique, voué *J'aimais, seigneur, j'aimais, je voulais être aimée* entièrement à l'amour *Ce jour, je l'avouerai* n'ayant d'autre désir que le désir d'amour *je me suis alarmée* d'autre souci que le souci d'amour *J'ai cru que votre amour allait finir son cours* d'autre raison que la raison d'amour *Je connais mon erreur et vous m'aimez toujours.*

Un voile jaune (dans mon souvenir, il est jaune — orangé ?) flotte au petit vent qui vient du fond-jardin. Porte du palais par où entre tout étranger à ces lieux. À droite, voûte épaisse, romaine, dont le sommet est ajouré, comme le Panthéon à Rome. Monte continûment une fumée légère, s'échappant d'une pierre massive, votive, posée au sol, à l'aplomb de cette ouverture.

Je vivrai Voix large *je suivrai vos ordres absolus* puissante et sinueuse *Adieu, seigneur, régnez* dont un accent de gorge *je ne vous verrai plus* contredit parfois la douceur mélancolique *Prince après cet adieu* d'un éclat bref *vous jugez bien vous-même* comme si elle chantait, avait chanté *Que je ne consens pas de quitter ce que j'aime* montant haut *Pour aller loin de Rome* atteignant une note si élevée *écouter d'autres vœux* contre-ut d'opéra *Vivez* qu'on a cru *et faites-vous un effort généreux* un instant *Sur Titus et sur moi* à une brisure *réglez votre conduite* à un déchirement organique *Je l'aime je le fuis* il n'en est rien *Titus m'aime il me quitte* La blessure se résorbe en apparence, la voix reprend son chemin de douceur. La mémoire, la pensée des uns et des autres acteurs et spectateurs *Tout est prêt* tous témoins *On m'attend* meurtris et indécis *ne suivez point mes pas* flottent *Pour la dernière fois* dans l'inoubliable atmosphère de cette tragédie *adieu seigneur* que parachève un *hélas* limpide, mesuré, absolu.

*

Voix de Michael Lonsdale

Paix souriante, étale. Dans le jardin de sa voix, Michael Lonsdale, semble-t-il, joue en prenant le soleil, dans la grâce et la lenteur, au milieu de fleurs peintes et comiques. Détente recueillie. Beckett joyeux et rythmé. Un *poupou-pidou* intellectualisé et spiritualisé. Il chante dans les plus grands désespoirs, finit ses phrases vers le haut, l'accent à la limite d'un aigu de cocotte. Entendez-vous, à l'instant même, sa façon de dire : *oui?*

Voix de thé, que l'on boit, même quand on ne l'écoute pas. On ne l'écoute pas, parce qu'on l'a toujours entendue. On l'a toujours entendue parce qu'on ne cesse pas d'y prêter l'oreille, depuis Truffaut, James Bond, et Marguerite Duras. On ne cesse pas d'y prêter l'oreille, mais elle s'arrête avant que ne se forme, en nous, l'idée qui la résume.

*

Voix de Jean-Louis Trintignant

Avance à plat jusqu'à la finale, d'un mouvement décisif, régulier, faisant converger la phrase et la mélodie vers le même nœud de sens, qui lui donne sa charge et sa sensualité. Le petit repli délicat, au bout de la dernière syllabe, dit la pointe d'accent du Midi, et délivre en même temps la nuance ironique, amusée, tendre, qui gît dans la voix de Jean-Louis Trintignant. Son mordant est vivace, sa cruauté, infiniment précise, lorsque le rôle réclame qu'il libère les chiens féroces, trop longtemps contenus, de son timbre puissant. J'en veux pour preuve le petit juge à lunettes de *Z*. Le petit lâche du *Conformiste*.

Voix tapie prête à bondir, articulée dans une concentration qui parvient à résonner sans sécheresse, voluptueuse.

Voix de ces petits hommes musculeux et maigres, marchant tête droite, courageux, farcesques et timides : Charles Aznavour, Jean-Pierre Léaud, Charles

Denner, et Jean-Louis Trintignant, dans les films de François Truffaut, par exemple.

*

Voix de Jean-Pierre Miquel

Voix-cavité où repose l'autorité la plus ferme, l'obscurité, le fond sans fond d'une gravité proverbiale, que nous imitons — élèves, acteurs, amis — en cherchant au plus bas, au plus reculé de notre gorge, l'accent de marbre qui fait son étrange égalité d'humeur, sa réserve inflexible. Humeur grave, donc, que contrarient toujours, sans l'atténuer, sa mélancolie joueuse, ses envies de danser, de chanter, son désir d'en découdre, si on l'y pousse. Éclat de rire voisin d'une toux. Il retourne en sa chambre paisible, au fond de lui-même.

Voix à peine atteinte par la maladie. Dans cet « à peine », s'entend toutefois l'irréparable. Le timbre est affecté d'une douceur aux accents jamais entendus chez lui, innocente, timide, presque enfantine. La bouche s'est infléchie aux commissures, les lèvres comme raréfiées, amoindries par le dessèchement, le manque de salive. Parler fait mal. Gorge irradiée.

À l'hommage rendu à Jean-Yves Dubois, dans le grand foyer Pierre-Dux de la Comédie-Française, je ne te vois pas arriver. Les uns et les autres s'en allant peu à peu, la salle se dégage, et je t'aperçois. Une dizaine de mètres nous séparent. Tu te tiens frêle et droit, tenant un pauvre gobelet d'eau, que tu portes lentement à ta bouche. Je tarde à te rejoindre, arrêté par la stupeur, la peine et le fatalisme. Maigre à te briser, les épaules voûtées, la poitrine creusée, foulard élégant au cou — masquant, je crois, la cicatrice d'une trachéotomie —, je n'en finis pas de considérer ta silhouette irréversible.

Nous nous embrassons. Les figures amies te font un réel plaisir, la bonne humeur te vient, au lieu de cet égarement discret propre aux grands malades. Tu te diriges vers le registre, où nous avons tour à tour signé notre mot de condoléances pour Jean-Yves Dubois. Vous ne vous entendiez guère. Tu viens néanmoins saluer ce grand comédien que tu sais devoir sous peu rejoindre. À bientôt, écris-tu, simplement.

Ma voix

Je retrouve le dictaphone, muni de petites cassettes, avec lequel, dans les années quatre-vingt-dix, j'entreprends un vague journal sonore. Bribes d'improvisation. Je raconte n'importe quoi. Monologues obscurs, sketchs inaboutis, confessions cafardeuses. Longs silences. On entend la circulation, au-dehors. Frottements, bruits de micro, tentatives nouvelles, logorrhée, imitations diverses, abandon progressif du langage, régression, onomatopées répétitives, fatigue vocale, hébétude. En général, ne trouvant plus rien à dire, je me mets à lire, à voix haute.

En 1991 ou 1992, dans les toilettes du vaste appartement parisien que j'habite, très haut de plafond, je m'émerveille : l'acoustique est parfaite, approfondit mon organe, l'enveloppe d'une mélancolie majestueuse sans être guindée ni prétentieuse. Me mirant à plaisir dans ma voix, enfermé durant des heures impeccables, j'enregistre *Le Centaure* de Maurice de Guérin.

De la même façon, j'enregistre le monologue du Père Jésuite dans *Le Soulier de satin*. Je prends soin de mettre de la musique dans le fond, venant de ma chambre, non loin des toilettes. Une émotion excessive me submerge, tout aussitôt m'inquiète — je traverse une période d'incertitude absolue, d'angoisse générale —, puis me fait rire, eu égard à ma situation. Quelque temps plus tard, voix gutturale et accent allemand, j'enregistre *La Rose de personne* de Paul Celan.

Au dictaphone, je travaille le rôle du *Révizor*, pendant le tournage du film *Liberté-Oléron*. L'écoutant aujourd'hui, je n'entends que l'extrême solitude où je me replie plusieurs dimanches de suite. L'exercice n'est qu'un prétexte pour me livrer encore et toujours au même babil.

Dans la résonance particulière du bungalow que j'occupe, je mets en marche le petit appareil : me jetant dans les scènes, poussant de la voix, répétant, radotant, ressassant, j'apprends le texte en vitesse et dans la fièvre, assis, debout, monté sur une chaise, arpentant la pièce, que je désordonne, déplaçant des meubles, enfilant et répandant des vêtements, saisissant des accessoires, au gré de mes envies et des situations. Comme la journée s'avance, toujours soliloquant, éructant, je sais que je ne ferai rien d'autre. Je prévois de sortir, de rendre visite à ma mère, par exemple, dont la maison est à cinq minutes, d'aller sur le tournage, de joindre les acteurs qui se trouvent

libres, de faire quelques courses ; mais dans mon élan, toujours jacassant, déclamant, je ne vois pas que les heures passent, bruyantes, verbeuses, dramatiques. Je laisse d'elles-mêmes s'éliminer les possibilités de promenade.

Sur les cassettes, j'entends la réverbération, l'écho, les bruits de pas — mes pieds nus sur le carrelage —, de meubles, de mastication (je mange sans interrompre l'exercice), les silences confus, les marmonnements (je cherche mon texte dans le livre), les brutales reprises de parole, la même phrase parfois répétée une dizaine de fois, jusqu'à l'oubli du sens.

Constatant que la nuit est pratiquement tombée, que je n'ai pas profité du soleil, je finis abattu, malgré les mots engrangés dans la mémoire. Qu'est-ce que ce temps perdu que je devrais consacrer aux miens, à l'affection, à la vie ? Ces journées stériles et bavardes ne me rendent-elles pas malade, ne me font-elles pas vieillir plus vite ? Mon hypocondrie me propose diverses hypothèses bien peu rassurantes. Je succombe à un contrepoids d'apathie dont me sort à peine un appel téléphonique, un signe du dehors.

Sitôt que l'occasion se représente, je donne à nouveau de la voix, en tous sens, à tue-tête.

*

Voix sans voix

*

Voix

Un jour, je resterai dans le studio, je m'enfermerai seul, personne pour m'écouter, ni ingénieur du son ni directeur artistique, je me livrerai tout entier, voix ouverte comme ventre ouvert, et parlerai sans fin, dans toutes les langues, tous les styles, tous les tons.

Sans parole, je suis toute parole, sans langue, je suis chaque langue. D'incessants déferlements de rumeur tantôt m'humectent et me font onde, tantôt m'effleurent comme un destin de calme promenade et me font sable, tantôt me choquent et me font roc.

Pendant la Seconde Guerre mondiale, chargé d'écouter les radios du monde, le poète Armand Robin, qui parle et comprend une quinzaine de langues, espionne passivement les ondes, enregistre les nouvelles, guette une bizarrerie, un fait suspect, détecte codes et messages secrets, attend une menace. Il consigne ses notes dans un bulletin d'information. La plupart du temps, ce n'est que du vent, du vide. Rien ne vient à son oreille que de très banal, des mots en toutes les langues qui ne disent rien. À l'écoute de ces paroles sans fin, bercé, traversé, il n'est plus que rumeur de voix, flux continu, insignifiant, phrase universelle au terme introuvable, en quête d'un silence qui ne vient jamais.

Sans parole, je suis toute parole, sans langue, je suis chaque langue.

Je suis tout proche d'Armand Robin. Je joue Armand Robin. Je suis Armand Robin.

Je ne parle presque aucune langue, si mal l'anglais, à peine l'allemand, trois mots d'espagnol, d'italien, deux ou trois réminiscences de grec, rien d'autre.

Mais n'importe, volubile, je bafouille, bredouille, papote, à tort et à travers, dans toutes les langues, de quoi produire un sabir dans lequel je me roule, quand personne ne peut m'entendre.

À force de pur babil, je tombe malade. Je perds ma langue maternelle et, par crises successives, me mets à parler dans toutes les autres langues. Chaque nouvel accès me fait basculer d'une langue dans une autre. On appelle des interprètes. À peine sont-ils prêts à m'entendre, je bifurque dans un nouvel idiome, quittant l'allemand pour le russe, le russe pour l'italien, l'italien pour le grec, le grec pour l'arabe, l'arabe pour le persan. Je m'enfonce peu à peu dans les langues les plus lointaines, les plus anciennes, langues mortes, dialectes oubliés, idiomes de peuplades disparues, où personne ne peut plus me comprendre. On s'épuise à trouver les professeurs les plus exotiques, archéologues, linguistes, chercheurs de tous ordres. Je poursuis ma phrase babélienne, ma plainte indéchiffrable, meurs d'épuisement sur des mots inconnus.

Est-il, pour moi, retraite plus paisible qu'un studio d'enregistrement ? Enfermé de toutes parts, je lis les pages d'un livre. Le monde est le livre. Les vivants, les morts, le temps sont le livre. Passé les frontières, rien ne me rappelle à l'autre monde. Je n'y suis plus personne. Attention. Protection silencieuse. Séparé du dehors du dedans de moi. Nacelle ou bathyscaphe. Immersion, ascension. Nous descendons. Nous montons. La voix représente. Les mots écrits et lus : parfaite existence.

À la bibliothèque de Versailles, autrefois j'empruntai un à un Antoine Vitez Daniel Mesguich Georges Wilson Michel Bouquet Michael Lonsdale André Dussollier. Voix maîtresses : massif élevé, dentelé, bois de bouleaux traversé de chevaux au galop, campagne à la tombée du soir, bruissante, paisible, secrète.

Parle inlassablement.

Je lis Proust, « Albertine disparue », pour personne. Voix haute pas si haute. Médium. Bavard impénitent, je lis. Lisant, je sais que je parle, que c'est de moi qu'il s'agit, que nul n'entend.

Alors d'autres voix se font entendre.

IV

VOIX AU JARDIN
(poème)

Vocation vocalise parmi les pierres contre les pierres
du jardin bien disposé régulier. Sept heures
du soir.
La peur aussi parmi les pierres. Fleurs. Je les piétine
en parlant. *Dévidant et filant.* Me gargarise
de mots
Comme dit mon père de tout ce qui peut tinter sonner
Bijoux cailloux dans ma voix de petit
bonhomme
La pelouse où morte *la servante au grand cœur*
et qui dort son sommeil sous une humble
pelouse.
Les pierres font mémoire j'y dépose ouvert
un « petit classique » de la vieille collection
Larousse.
L'odeur des roses l'odeur d'été l'odeur de l'herbe
l'odeur de terre me portent. Enfant léger
tout maigre.
Je lis tout le jour la nuit suscite ma voix.
L'entend-elle ma mère ? Ou
ma tante ?

Je ne dis mot. Puis je récite. Il m'arrive
non de parler mais de crier puis caché
j'attends.
La nuit tout à fait tombée dans la terre gorgée d'eau
dans les pierres nuit froide hostile les fleurs
éteintes
Mon petit livre oublié sur la pierre tremble
d'humidité. Déjà vieux et tout tordu.
Ô temps
suspends ton vol. La grande peur d'essayer plus noire
que la peur du noir. *Et vous heures*
propices.
Plus un frère plus un oncle pas un père plus de
grand-père rien que moi au monde. *Suspendez*
votre cours.
Je me crois debout sur les morts qui là-dessous
remuent. Je marche je dis je déclame.
Écho.
Au ciel tout pur solennel et sans merci je me figure
de grandes fresques des palais. *La pompe de*
ces lieux.
Y pendent les salons les lustres les marquises
les fêtes les siècles anciens. Visages fardés
Rieurs.
En robes surannées sur les balcons du soir laissez-nous
savourer on n'est pas sérieux. Tout est mélangé
confus.
L'immeuble à gauche fait une muraille immense
de feuilles vigne vierge de pierre indifférente.
M'en fous.

Des fenêtres ouvertes émanent odeurs et lumières
de bon dîner de bonne famille à tous les
étages.
Bientôt la voix de ma mère à dîner m'appelle
Denis Denis Denis j'aime son insistance.
Me tais.
Mes petits frères déjà fourchette bien droite dans la main
bouche tachée de soupe je les entends
Denis
Leurs petites jambes doivent pendre et s'agiter
sous la table. En pyjama. Pyjama mot bizarre mot
chéri.
D'en bas je sais tous les miens autour du repas
du soir mon père au bout se versant à boire
râlant.
J'attends l'ultime appel le dernier après quoi
la peur enfin je me rue monte quatre
à quatre.

D'en haut les après-midi cherchant la pénombre
c'est déjà l'été à travers les volets à
l'affût
Je ne quitte plus ma chambre je grandis le jardin
est aux femmes amies de ma tante au
soleil
Ou jeunes filles au pair d'Allemagne de Scandinavie
d'Autriche accent léger anglais d'usage délicieuse
caresse.

Converser rire on dit aussi délirer dans la pénombre
j'entends tout qui grimpe vers moi espion
timide.
Les hauts immeubles autour du jardin font résonner
les voix le timbre même pénètre dans
ma chambre
Avec les parfums les fleurs l'herbe coupée
la terre la chaleur le printemps l'été la musique des
pick-up
En juin le tournoi de Roland-Garros entendu
à chaque étage voix de commentateurs bruits
des balles.
Claquements secs retours revers smash applaudissements
Pah-Poh. Pah-poh. Pah — Poh. Applaudissements
Service
Une amie de ma tante revient du Central
Elle a vu jouer Panatta elle s'allonge
sur l'herbe
parle de la beauté de la puissance du champion
de son revers de son bras de sa victoire contre
Gottfried.
Bronzée vêtue de blanc comme si elle jouait
elle-même fière désirable s'en rend-elle compte
la garce
Mais la plupart du temps la télévision seule
rend compte de la vraie vie là-bas porte
d'Auteuil
Certaines parties interminables nous retiennent
jusqu'à la fin de l'après-midi Balles dans
la tête

Au silence giflé de ces pah-poh lancinants
écrasants ne succède rien sinon la tombée
du soir
Affreuse mélancolie de n'avoir rien fait de ne savoir
que faire piégés entre chien et loup
dégoût
de ces commentaires d'après match qui accusent
le vide de nos après-midi inemployés j'éteins
le poste
Geste rageur abattu et nous restons là dans la pénombre
attendant le prochain tour la finale et bientôt
Wimbledon
Alors doucement au jardin les filles parties
nous descendons nous affaler honteux
dans l'herbe.
Commentaires encore. Mon jeune frère ignore ou cache
une angoisse qui tremble dans sa voix
ses gestes.
C'est à la fin d'un de ces sempiternels matchs
que saisi soudain effaré tordu de panique il
bascule
Dans une existence cauchemar irréversible
dépression alcool saisons successives noires
un jour
Il descend dans le jardin se tient le cœur
à deux mains affolé blême n'y comprend rien
m'appelle
Frappe à ma porte j'habite au rez-de-chaussée
Il gémit halète attaque de panique tachycardie
Ça cogne

Le cœur à deux mains persuadé de mourir
là dans l'air chaud de fin d'après-midi 92
en juin
Il meurt bien plus tard un matin de mai le 10 se jette
Non pas côté jardin mais côté bitume cinq ans
Plus tard

Sa voix dans le jardin m'appelle — moi qui travaille
à mon bureau paressant étouffé de chaleur
bâillant
Les années mortes commencent extinction
des feux rideau disparu *l'innocent paradis plein de plaisir*
furtif.

Remontée vers le château bosquets gazons statues
haies jardins à la française longues allées bassin de
Neptune.
Livre en main je vais à la bibliothèque rendre les livres
Empruntés dans la semaine les lus les pas lus à
voix haute
Marchant évitant les touristes il fait froid décembre
Mon souffle est court exalté vif je
déclame
L'air glacial fige ma bouche je force l'articulation
scande vers proses rimes rythmes buée
aux lèvres

Je passe l'après-midi studieux jusqu'à cinq heures
et puis mesdames et messieurs nous fermons
Retour
Traverse la cour de marbre nouveaux livres sous le bras
J'en tiens un devant moi ouvert à hauteur de visage
lisant
Précédant de peu la nuit. Froid plus dur solitude
partout établie *les solitudes* disent les jansénistes
Pascal
Les *déserts* où s'en aller se retirer du monde après
quelque disgrâce grande peine brisant la
carrière.
Songeant que pour moi celle-ci ne commence pas encore
que déjà — noble rêverie — je connais l'infortune
l'exil
J'entre dans la vie solitairement marchant arpentant
ces jardins sublimes désertés muets et glacés
cœur lourd
Je me prête aux plus grandes pensées redescendant
à pas lents vers la maison rue Gallieni
La nuit
tout à fait répandue les réverbères tous les quinze mètres
découpant une zone blafarde m'aidant encore
à lire
La méditation sévère me fait bientôt bouillir jacter
je songe à voix haute ne déclamant plus
je parle
converse devise avec des femmes des hommes
des héros Quichotte. Échos sur le bassin de
Neptune

dont je fais le tour quand ne s'épuisent pas mes soliloques
nerveux tendu éprouvant l'afflux brutal de
la peur
de la mélancolie de la détresse je ne comprends rien
à ce qui mord mon ventre mon cerveau ne peux
me taire.
Plus tard le tour du canal quinze fois répété à vélo
à pied suffit à peine à m'apaiser pédalant
marchant
Il me faut de plus grands jardins des forêts des taillis des
renfoncements des enchevêtrements pour me
cacher
Il y a bien au Trianon les petites montagnes
Massifs troncs noueux branchages griffus grottes où
enfant
j'aime disparaître me faire oublier m'enfouir au milieu
des racines saillantes grosses veines gonflées serpents
On gèle.
Planqué camouflé dans un recoin attendant jouissant
de sentir passer les autres. Au-dessus au-dessous ils
m'appellent
Ne me trouvent pas s'agacent les plus petits pleurent
abandonnent la partie s'en retournent alentour
Plus rien
Silence des sous-bois inquiétude revient l'histoire
du petit Maillard enlevé retrouvé mort
dans l'herbe
Dans un endroit reculé du parc il se perd dans les allées
Il n'aurait jamais dû. Entraîné par des copains
s'éloigne

ses parents ne sont pas là. Il s'enfonce dans les bois
semé perdu les autres se sont volatilisés Maillard est
tout seul
Livré à tous les fantômes de la nuit dans la terreur
des jardins déserts l'assassin ombre aux aguets
L'attend
depuis toujours lui met la main sur la bouche
puis sur la gorge et serre serre serre
le tue
Et l'histoire court les écoles chaque fois qu'on va au parc
on y a droit. Pour faire peur, nous garder tous
ensemble
en rangs
dans les allées paisibles bordées de petites grilles
à ras du sol protégeant gazon et fleurs Défense de
marcher
Nous sommes sages nous n'allons pas refaire
la bêtise du petit Maillard. Caché dans
ma grotte
N'entendant plus les frères les copains à ma poursuite
j'y pense soudain je bondis appelant au secours
Hurlant.

Ma mère a cinq ans. Photographie. Sa nourrice Nénène
lui montre l'appareil. Elle tient son petit doigt
pointé
Vers l'objectif l'autre dans sa bouche elle ne sourit pas
à celle ou celui qui la prend intimidée œil
inquiet

Derrière elle notre jardin l'éternel jardin l'éternelle pelouse
et la *servante au grand cœur* qui lui parle
et rit.
Comme nous ma mère s'allonge là sur le gazon
entretenu fragile tondu régulier versaillais elle fait des trous.
D'en bas elle voit ciel de quarante passer la guerre
le ventre des bombardiers. Les Allemands occupent l'immeuble
ils font leur toilette quand retour de l'exode
Ma mère et ma grand-mère veulent rentrer
Chez elles
le quartier est encore aux mains de l'ennemi
de notre jardin parviennent les accents joyeux des soldats
qui au soleil se baignent s'amusent. On les congédie
les voilà qui s'exécutent rangent leurs armes
leurs casques
et poliment s'en vont. Le silence revient. Oiseaux.
La grande maison est presque vide. Le jardin
est libre

Je m'allonge regard droit tendu vers un avion
à réaction minuscule. Sa lente tracée dans l'azur
là-haut.
Par-dessus les quatre murs qui pour toujours
enserrent notre jardin nous enferment et nous préservent

Je dis quelques scènes sur cette scène verdoyante
contour précis à la française ordre séculaire
théâtre
Jardiniers par générations successives retaillant
découpant rajustant égalisant cette dentelle
fleurie
Jusqu'à la fin des temps rien ne trouble
la savante musique de sécateur d'arrosoir de
tondeuse
Nos voix tues mortes dans l'essoufflement
des jeux des attentes des peurs des joies cris
perçants
Dans ce carré vert or blanc selon les saisons
cage de résonance cage de vieille enfance
bruissante
derrière le gras l'épais le gluant rhododendron
reposent les petits morts nos hamsters perruches
lézards
tombes renflements de terre noire à l'angle du massif
où caché j'enfonce mes genoux noirs écorchés
Griffés
À nouveau la nuit les voix les regrets l'appel à table
m'en fait sortir. Ça n'en finit pas. Je parle toujours
tout seul
tic de famille mille voix et mille souvenirs
même bruit *l'inflexion des voix chères qui se
sont tues.*
La mienne guette retrouve imite les accents
Voix de tête timbres nasillards raucités
comiques

notes aiguës je cherche encore certains accords
    Entendus oubliés j'appelle cela La voix
    Grand-père
parlant du nez la voix de la radiodiffusion
    Les acteurs les orateurs les écrivains grésillement
    linceul
voix unique du vrai passé l'à jamais enfui
    qui parle bien vivant et pourtant bien mort
    j'écoute
collectionne par dizaines ces vieux enregistrements
    voix de Sarah Bernhardt de Paul Valéry
    Claudel
De Bergson de Bachelard enfouis dans les plis
    les rayures les froissements les cassures
    le son
est presque inaudible les Féraudy Brunot Léon Bernard
    Albert-Lambert Coquelin Aîné Berthe
    Bovy
Je sais bien prendre ce ton *n'est-ce pas*
    Troisième République Léautaud : *Enfin*
    tout d'même !
La voix de Jean-Louis Barrault écoutée soir après soir
    et Gérard Philipe *percé Jusques au fond*
    du cœur
D'une atteinte imprévue aussi bien que mortelle
    et misérable vengeur D'une juste querelle
    je demeure.
Ces voix roulent dans le minuscule jardin
    de mémoire et la plus belle Jean Vilar
    Ciel

À qui voulez-vous désormais que je fie
les secrets de mon âme Et le soin de
ma vie
Reprenez le pouvoir que vous m'avez commis
si donnant des sujets Il ôte les
amis.
Architecture vocale grand parc à la française
Versailles de l'Art Dramatique solennel et
auguste
Lancé je ne sais plus m'arrêter et d'autres
encore font voix dans ma voix il n'y a que
cela
Dans ma mémoire des voix des tons des accents
des inflexions des cadences je ne me tais
jamais
Dans ce jardin sonore où les fleurs
sont ouvertes comme des phonographes
il y a
Encore d'autres voix des mélodies des rires
des cris c'est moi enfant c'est nous petite bande
magnétique
Tout petits nous enregistrons des chansons
des contes nos voix si ténues je parle
du nez
Ô Reine vous êtes très belle mais Blanche-Neige
est encore mille fois plus belle que vous.
Je traîne
sur « vous » je roule les « r » je donne toute ma force
à cette sorcière ma joie stridente
je joue

aussi Blanche-Neige mon frère le Prince
nous sommes bouleversés quand les
sept nains
Pleurent la belle qui a mangé la pomme
musique de fond Adagio d'Albinoni
encore
plus loin derrière dans le son autre chose
je ne sais pas ce que c'est ça ne parle pas
une plainte
Il y a de la terre dans la voix les fleurs l'herbe noire
détrempée écrasée peut-être du sang C'est
inaudible
J'entends quoi dans le parc les cris du petit Maillard
ceux de mon frère quoi non je mélange
tais-toi.

Liste des illustrations

p. 4 Générique du diaporama *Robin des Bois.* 1976.

p. 21 Christophe Ferré et moi, au Concours interscolaire de la ville de Versailles en 1979, dans *Dom Juan*, que je joue, tandis qu'il est Sganarelle.

p. 30 Bruno, Éric (debout), Laurent (en bas), moi, en 1974, probablement. Le papier peint est celui de la chambre des petits.

p. 35 Bruno et moi aimons pisser dans la petite fontaine du jardin de l'immeuble familial, 2 rue du Maréchal-Gallieni, à Versailles. 1967 ou 1968?

p. 45 Mon grand-père Nicolas Podalydès, probablement dans les années vingt.

p. 50 Jean-Louis Barrault dans *Hamlet.* Au Théâtre Marigny dans les années cinquante. Photo publiée dans l'*Avant-Scène du Théâtre*, que je découpe et punaise dans la penderie de ma chambre. Au-dessous de celle-ci, il y avait de semblables clichés de Laurent Terzieff et de Roger Blin.

p. 57 Photo de famille en 1993 (je n'ai pas connaissance de l'emplacement). Donne une idée de la voix Ruat, si tant est qu'une photo puisse induire la représentation d'une voix...

De gauche à droite : Éric, mon oncle Olivier, Maman, ma cousine Élodie, Mamie, mon neveu Jean sur ses genoux, ma tante Christine, Anne-Françoise Brillot (assise, compagne de mon frère Bruno), Bruno (debout), Régis (mari de ma tante), ma cousine Justine (sur les genoux de son père). 1993.

Je ne suis pas sur cette photo, et ne me l'explique pas. Je devais être en tournée. Manquent également Laurent, Corinne (la femme d'Olivier), et Antoine, frère d'Élodie et de Justine. À moins que l'un de nous ne prenne la photo ? (Sûrement pas moi.)

p. 67 Ma grand-mère maternelle, Odette Ruat (à gauche), et ma tante Olga Devaux, née Podalydès, dans les années soixante. En Bretagne, sans doute ?

p. 77 Bruno (à droite) et moi, dans sa chambre. Nous enregistrons la bande-son d'un polar, fait de diapositives, *Bastards*. Vers 1980. (Photo vraisemblablement prise au retardateur.)

p. 81 Ma mère entre Bruno et moi, à Siaugues-Saint-Romain, vers 1968.

p. 85 Charles Denner. Photo parue dans *Libération*, le jour de sa mort, en 1995. Bruno garde longtemps la même photo dans son bureau.

p. 102 Bruno et Éric, à l'île d'Oléron. 1983.

p. 113 Dans une loge, en tournée de *Bérénice*, dans la mise en scène de Christian Rist. 1992. On aperçoit à gauche l'épaule d'un Titus.

p. 125 Au Conservatoire, en 1985, dans la classe de Viviane Théophilidès (debout). De gauche à droite, Thierry Pillon, Didier Galas, Didier Brice, moi, qui m'enlève une peau, ou viens de me rogner un ongle.

p. 129 *Liberté-Oléron* : Éric Elmosnino et moi dans la scène des pétons, pétons qu'il mime, de ses deux petits doigts.

p. 141 *Bérénice*, mise en scène de Christian Rist, Théâtre de l'Athénée en 1992. Décor de Rudy Sabounghi, costumes d'Issey Miyake et Gilbert Fillinger. Au fond, les deux Antiochus, Philippe Müller (¾ dos) et Simon Bakhouche. Je joue Arsace : « *Où pourrai-je trouver ce Prince trop fidèle ? / Ciel, conduisez mes pas et secondez mon zèle !* »

p. 155 Papi et Mamie d'Alger au mariage de mes parents. Église du Val d'Or. 1960. Ils n'ont pas encore quitté l'Algérie.

p. 159 Papa et moi, dans *On ne badine pas avec l'amour*, mise en scène de Florence d'Helcy, au Théâtre de Parly 2, en 1979 ou 1980. Nous jouons le Chœur. Comme tu t'accrochais à cette pipe, qui providentiellement occupait une de tes mains ! (Droits réservés.)

p. 160 « Toutes les nouvelles de la maison » : journal que nous rédigeons en 1974, mon frère et moi, sur le modèle de « Toutes les nouvelles de Versailles », à l'aide de l'Underwood 310 que mes parents m'offent à Noël. Un seul numéro paraît (janvier 1974). Un seul exemplaire aussi.

p. 163 Éric, moi et Laurent sur le tournage d'un clip réalisé par Bruno. Nous faisons des silhouettes, évoluant à contre-jour. 1990 ? 1991 ?

p. 164 José Tomás à Nîmes, le 10 septembre 2007. Je suis invité dans le *callejón* par Simon Casas. Je l'en remercie encore. Plus grande émotion tauromachique jamais éprouvée.

p. 186-187 Photos de multiples communautés : classe, équipes (de tournage, de tournée ou de sabre), troupe (Comédie-Française, *André le Magnifique*) entre 1973 et 2003. Je crois, paradoxalement ou contradictoirement, ne me sentir véritablement à l'aise, indépendant, libre et engagé, que dans l'appartenance à un groupe, voire à une institution, depuis toujours.

De gauche à droite et de haut en bas :

Khâgne du lycée Fénelon 1982-1983. *La Forêt* d'Ostrovski à Moscou, avec la Comédie-Française, 2005. *Le Mystère de la Chambre jaune*, de Bruno Podalydès, équipe du film. *La divine poursuite* de Michel Deville, équipe du film, 1996. *Intrusions* d'Emmanuel Bourdieu, 2007. *Le Misanthrope*, le Studio Classique, en tournée au Mexique, en 1992. Classe de CM1, 1973. *André le magnifique*, 1996. Troupe de la Comédie-Française en 2005. *Cadets de Gascogne*, d'E. Bourdieu, équipe du film. *Bancs publics*, de Bruno Podalydès, équipe du film, 2007.

p. 223 Roland Barthes à son bureau. (Photo parue dans *Le Nouvel Observateur*.) Je garde cette toute petite photo devant moi, sur mon propre bureau. Espace pur de l'écrivain au travail, où tout est à portée de main. (Cf. cours au Collège de France : *La préparation au roman*. Seuil, CD MP3 et livre.)

p. 237 L'Empoté, en 1984, au parc de Versailles.

p. 259 Le même, avant que la vie ne se complique. Sans doute est-ce mon père, auteur de la photo, qui me demande cette pose que je devais souvent affecter, et que je reproduis pour les besoins du cliché. Je me souviens de la culotte, où je me suis quelquefois oublié. (Pas dans des proportions trop inquiétantes.)

Crédits photographiques

pages 21, 113, 155, 159, 223 : droits réservés. 30, 35, 67, 81, 102, 259 : Jean-Claude Podalydès. 45, 57, 77 : collection particulière. 50 : CDDS Bernand (détail). 85 : Daniel Cande/Apis/Sygma/Corbis. 125 : Max Armengaud. 129 : A.-F. Brillot/Why Not Productions. 141 : Stéphane Santini. 163, 237 : Bruno Podalydès. 164 : *Planète Corrida*-D.R. 186-187 : A.-F. Brillot, Laurencine Lot, droits réservés.

Vous trouverez sur le site du Mercure de France des extraits sonores choisis par Denis Podalydès pour illustrer son propos.

Ma voix des autres (émission de France Culture, Colette Fellous, réalisée par Anne-Pascale Desvignes)
Denis Podalydès (enregistrement Bernard Valléry)
Jean Vilar (*Ses grands rôles au théâtre*, Disques ADES pour les éditions de la Manufacture)
Gérard Desarthe (*Lettres à Lou,* G. Apollinaire, Écoutez Lire, Gallimard)
Dieu seul me voit, réalisé par Bruno Podalydès, Why Not Productions
Denis Podalydès (enregistrement Bernard Valléry)
Denis Podalydès (enregistrement Bernard Valléry)
Éric Elmosnino (*Liberté-Oléron*, réalisé par Bruno Podalydès, Why Not Productions)
Dieu seul me voit (réalisé par Bruno Podalydès, Why Not Productions)
Ma voix des autres (émission de France Culture, Colette Fellous, réalisée par Anne-Pascale Desvignes)
Ma voix des autres (émission de France Culture, Colette Fellous, réalisée par Anne-Pascale Desvignes)
Enregistrement Denis Podalydès
Michel Simon (*Grandes heures de la radio*, Pierre Schaeffer, De 1942 à 1952)
Michel Bouquet (*Tartuffe*, INA)

Jacques Weber (enregistrement Denis Podalydès et François Guillaume)

Ma voix des autres (émission de France Culture, Colette Fellous, réalisée par Anne-Pascale Desvignes)

Bruno et Denis Podalydès (enregistrement Bruno et Denis Podalydès)

Blanche-Neige (enregistrement Bruno et Denis Podalydès)

Robin des Bois (enregistrement Bruno et Denis Podalydès)

DU MÊME AUTEUR

SCÈNES DE LA VIE D'ACTEUR, Le Seuil-Archimbaud, 2006.

VOIX OFF, Mercure de France, 2008.

LA PEUR, MATAMORE, Le Seuil-Archimbaud, 2010.

Compositon Dominique Guillaumin
Impression Clerc
à Saint-Amand-Montrond, le 11 janvier 2010
Dépôt légal : janvier 2010
Numéro d'imprimeur : 10054

ISBN 978-2-07-040261-8 / Imprimé en France

171307